웅녀야 웅녀야

웅녀야 웅녀야

지은이 · 이호림
펴낸이 · 임종대
펴낸곳 · 미래문화사

찍은 날 · 2002년 8월 5일
펴낸 날 · 2002년 8월 10일

등록 번호 · 제3-44호
등록 일자 · 1976년 10월 19일
주소 · 서울시 용산구 효창동 5-421
전화 · 715-4507/713-6647
팩시밀리 · 713-4805
E-mail · miraebooks@com.ne.kr
       mirae715@hanmail.net

ⓒ2002, 미래문화사
ISBN 89-7299-237-2

정가 · 7,000원

: 잘못 만들어진 책은 본사나 서점에서 바꾸어 드립니다.
: 저자와의 협의하에 인지는 생략합니다.
: 본사의 허락 없이 임의로 내용의 일부를 인용하거나
: 전재, 복사하는 행위를 금합니다.

신단군신화 **웅녀야 웅녀야**

이호림 지음

미래문화사

곰이었으되 인간이었고
인간이었으되 신인이었던
태초의 어미, 웅녀

이 땅은 일찍이 신인들이 선택한 땅이며
뭇 짐승들이 동경한 땅이며
저 광활한 대륙의 중심에서부터
비롯되었다.

작가의 말

　지금은 사라졌지만 불과 얼마 전까지만 하더라도 삼류극장이라고 하는 게 있었다. 일류극장을 개봉관이라 한다면 재개봉관이나 재재개봉관쯤을 삼류극장이라고 할 수가 있을 것이다. 개봉관이 있고 재개봉관에 재재개봉관까지 있었다는 게 참 믿기지 않는 일처럼 여겨지지만 그런 때가 있었던 게 사실이다. 말하자면, 극장에도 계급이, 층하가 있었다는 것이다.
　돈 없고 시간은 많고 갈 데 없는 사람들의 낙원이 삼류극장이었다. 삼류인생들을 위한 장소였다는 것이다. 그런 인생들을 위한 장소이니만큼 삼류극장에 가면 흔히 화면에서는 비가 오고, 지린내가 나고 쥐가 발과 발 사이 의자와 의자 사이를 왔다갔다거리고는 했다. 중고등학교에서는 삼류극장이 있는 그 일대를 아예 우범지역으로 분류해 놓고 있기까지 했다. 삼류 인생이 되기 싫다면 삼류극장 같은 데에는 가지 말라는 것이었다.

그러나, 역설적이게도 진정으로 영화를 사랑하는 사람들 또한 삼류극장에는 있었다. 진정으로 영화를 사랑하는 사람들이 돈은 없고 시간은 많고 갈 데 없는 사람들인지는 의심스러운 일이지만, 그들의 영화 수업의 첫걸음이 삼류극장에서부터 비롯되고 있다는 것은 대개의 경우 사실이었다. 아니 이와 같은 일반화는 위험하다. 삼류극장에서 그들의 첫 영화수업을 시작한 내가 아는 경우란 나와 한때 영화 공부를 하다 지금은 영화 잡지사의 기자로 일하는 절친한 내 친구의 경우, 고작 둘뿐이니까. 나의 영화 사랑이 취미 그 이상을 넘을 수 없다는 점에서 보면 나의 경우도 빼야 할 테지만.

IMF가 불어닥치기 불과 얼마 전이었다. 모처럼 그 친구로부터 연락이 왔는데, 영화나 한 편 보러 가자는 것이었다. 영화 잡지사의 기자고 하니까 새로 개봉되는 영화의 시사회쯤 보여 주는 게 아닐까 하는 기대를 걸고 만나기로 한 장소로 나간 건데, 웬걸이있다. 나의 기대를 허물고 그 친구가 나를 데리고 간 곳은 탑골공원 뒤편의 다 낡은 허름한 극장이었다. 내가 어리둥절해 있는 걸 보고 그 친구가 말하기를 "영화가 뭐야, 꿈꾸기잖아.

이런 데 와야 진정한 꿈꾸기를 만날 수 있지. 안 그래?" 나는 그 친구에게 동의하지도 그렇다고 동의하지 않지도 않았다. 그러나 나는 그 친구의 말 속에 담겨 있는 어떤 심정은 명확하게 납득할 수 있었다.

결론적으로 말하자면 그날 영화감상은 진짜 아니올시다였다. 우리가 아는 그런 삼류극장이 아니었다. 영화의 재개봉관이 아니라, 동네 비디오 가게에서 파는 에로 비디오 하날 갖다가 확대시켜 보여 주는, 비디오방에 더 가까운 수준이었다. 어줍잖은 에로물 한 편을 보고 눈이 충혈되어 그 허름한 삼류극장을 나오면서, 아니 비디오방을 나오면서 그 친구가 그랬다.

"이젠 진짜 영화를 볼 만한 장소가 없어."

이 글의 최초의 발상은 그 친구와 헤어지고 집으로 돌아오는 그날의 지하철에서 생겨난 것이다. 그러니까 한 오륙 년쯤 된 얘긴데, 나는 이제야 그것을 구체화시켰던 것이다. 그동안 사정 없이 바빴기 때문이지만 못지않게 나의 천성인 게으름 탓도 컸다. 짐작하겠지만, 이 글의 발상은 꿈꾸기에서부터 비롯되었다. 나는 오랫동안 영화가 꿈꾸기라는 사실을 잊고 살았었고, 친구가 그날 내게 그 사실을 재생시켜 주었었다. 나는 집으로 돌아오는 지하철 안에서 나의 글쓰기도 친구의 영화처럼 꿈꾸기였으면 좋겠다는 생각을 했고, 그 바람에서 이 글의 초벌이 비롯되었다. 나는 이 글을 꿈꾸기 위하여, 꿈꾸면서, 꿈이 되라고 썼다. 이 글이 여러분의 꿈꾸기에 적게나마 보탬이 된다면, 나로서는 목표를 달성한 셈이 될 것이다.

2002년 6월
이호림

차례

작가의 말 | 6

진양조(느리게 노래하듯이) | 13

안단테 칸타빌레 | 21

중중모리(점점 빠르게) | 30

악첼레란도 | 45

휘모리(빠르고 생동감 있게) | 67

알레그로 아니마또 | 108

단모리(아주 빠르게) | 135

프레스토 | 170

진양조(느리게) | 204

안단테 | 210

진양조

태고로부터 천상계를 다스리는 자는 환인이었다. 환인에게는 아들 환웅이 있었다. 환웅은 지상세계를 동경했다. 천상계는 아름다웠으나 지상계 역시 아름다웠고, 그 아름다움에 반한 탓에 환웅은 지상계를 동경했고 한편으로 안타까웠다. 지상의 생명체들이 스스로 발딛고 사는 그 지상의 아름다움을 미처 깨닫지 못하고 있었기 때문이다. 어느 날 환웅은 아름다움을 아름다움으로 느낄 줄 모르는 지상의 생명체들의 잘못을 바로잡아 주기 위하여 지상으로 내려갈 결심을 했고, 천상계의 왕 환인에게 간청했다. 환인은 지상계의 시간으로 하루 낮밤을 고민한 끝에 환웅의 청을 받아들이기로 결정했다. 환인은 영원히 사는 존재이고 그러므로 영원히 천상계를 다스릴 터이므로 천상계의 왕이 될 수 없는 아들 환웅은 지상계로 내려보내 지상의 왕이 되게 하는 게 바람직하겠다는 생각에서였다.

환웅은 그의 충복 풍백, 우사, 운사와 그를 따르는 삼천 무리를 거느리고, 환인으로부터 받은 천부인天符印 삼인三印을 갖고 지상으로 내려왔다. 삼위태백 신단수 아래가 환웅이 천상에서 내려와 자리잡은 곳이었다. 그곳을 기점으로 나라를 세웠으니, 환의 나라였다. 환의 나라의 신조는 '홍사백성지지상계지미弘使百性知地上界之美' 즉, 널리 지상계의 아름다움을 백성들로 하여금 알게 한다는 것이었다.

환웅은 나라를 잘 다스렸고, 환의 나라의 백성들은 얼마 안가 지상의 아름다움이 천상의 아름다움에 못지 않음을 깨닫게 되었다. 지상의 아름다움을 깨달은 환의 나라의 백성들은 행복했고, 그 행복을 부러워하는 인근 나라의 백성들이 환의 나라로 이주해 왔다. 그렇게 이주해 오는 백성들 가운데의 두 명이었다. 곰과 호랑이가 그 둘이었는데, 그들이 환웅을 찾아와 일찍이 환웅이 환인에게 했던 간청과는 다르지만 간청을 했다.

"사람이 되게 해 주십시오. 저희는 사람이 되고 싶습니다."

환웅은 곰과 호랑이의 간청을 듣고는 의아하였다. 곰과 호랑이는 훌륭한 백성이었고, 사람보다 나으면 나았지 못한 백성이 아니었었다. 환웅은 굳이 사람이 되고자 하는 곰과 호랑이의 심정을 이해할 수 없었고, 그래서 그 까닭을 묻지 않을 수가 없었다.

"사람을 사모해서가 아닙니다. 저희가 사모하는 것은 환웅님뿐입니다. 헌데, 환웅님의 형상과 가장 닮은 족속이 공교롭게도 저희 곰이나 호랑이가 아닌 사람의 형상이어서, 그래서 사람의 형상을 받고자 하는 것뿐입니다."

곰과 호랑이의 얘기는 틀리지 않았다. 환웅이 보기에도 지상의 백성 중에서 그와 가장 닮은 족속은 사람이었다. 그렇다고 환웅은 특별히 사람을 편애하지는 않았다. 모든 백성을 똑같이 사랑하고 동등하게 대하였을 뿐이었다. 곰과 호랑이가 환웅이 사람을 편애하여 사람이 되고자 한다고 하였다면 환웅은 그의 부덕을 깨닫고 지상계의 왕 자리를 내어놓고 온 곳으로 되돌아가거나 은거하거나 하였을 것이었다.

곰과 호랑이의 청은 납득이 갔다. 환웅의 형상과 가장 닮은 족속이 사람이어서 사람의 형상을 받고자 한다는 곰과 호랑이의 청은, 기특하기까지 했다. 환웅을 사모하는 마음이 사무친 데에서 오는 청이었으니까 말이다. 환웅은 기꺼이, 그들이 그럴 마음의 준비만 되어 있다면, 곰과 호랑이의 청을 들어 주기로 했다.

"원래 모든 백성은 하늘로부터 받은 자신의 형상이 있는 것이다. 하늘이 준 자신의 본래 형상을 버리고 다른 형상을 입고자 한다면, 반드시 그만한 대가를 치르지 않으면 아니 된다. 그만한 대가를 치를 용의가 있느냐.”

"있습니다.”

"한없는 고통이 따르는 일이라 하더라도.”

"한없는 고통이 따른다 하더라도, 있습니다.”

"그럼 이 마늘과 쑥을 갖고 태백산 어둠의 동굴로 가서 백 일 동안을 마늘과 쑥만을 먹고 견디어라. 만일 백 일을 견디면 너희가 바라는 바가 이루어질 것이고, 견디지 못하면 너희의 바람은 세상의 끝날까지 결코 이루어지지 않으리라.”

곰과 호랑이는 환웅이 건네 주는 마늘과 쑥을 갖고 태백산 어둠의 동굴로 갔다. 환웅을 사모하는 마음으로 마늘과 쑥만 먹고 백 일을 문제없이 견디리라 마음먹었다.

마늘과 쑥만 먹고 하루하루를 연명하는 일은 결코 쉬운 일이 아니었다. 생명이 왔다갔다하는 일이었다. 곰과 호랑이는 단 하루 만에 마늘과 쑥만으로 연명하는 일의 어려움을 깨달았다. 어둠의 동굴에 들어간 다음날로 호랑이는 마늘과 쑥이 쓰고 맵고 적응이 안돼, 그 전에 먹은 것까지를 포함해 뱃속의 거의 모든 것을 게워냈다. 곰은 이틀 후에 게워냈다. 호랑이는 동굴에 들어간 지 하루 만에 허기지기 시작했고 곰은 이틀 만에 허기지기 시작했다. 동굴에 들어가 쑥과 마늘만으로 연명한 지 열하루째가 되는 날 호랑이는 허기짐을 못 참는 마음이 환웅을 사모하는 마음을 이기고 말아, 사람의 형상을 입기를 포기하고 동굴을 나오고 말았다. 나가면서 호랑이가 말했다.

"난 이게 어리석은 짓이라는 걸 알았어. 환웅님을 사모하는데 달리 형상을 바꿀 필요가 뭐 있어. 나는 지금 이대로의 모습으로 지상의 아름다움을 즐기고 그 아름다움을 알게 해 준 환웅님을 사모할 거야."

곰은 호랑이의 말이 옳다고 생각했다. 호랑이의 말이 옳으니까 호랑이를 따라 동굴 밖으로 나가고 싶었다. 그러나 곰은 오기 때문에 나가지 않았다. 버텼다. 삼칠일째가 되는 날이었다. 동굴 속으로 홀연히 한줄기 서광이 비쳐 들고 흰 나비가 날고, 향긋한 향내음이 전해져 왔다. 그러면서 곰은 의식을 잃었는데, 의식을 잃어 가면서 곰은 자신이 드디어 맛이 가는 거라고 생각했다. 왜냐하면 눈에 헛것이 보이기 때문이었다.

정신이 들었을 때 곰은 허기지지도 고통스럽지도 않았고, 몸과 마음이 상큼하니 가볍기만 할 뿐이었다. 곰은 그가 꿈을 꾸거나 맛이 갔거나 아니면 죽어 하늘나라로 올라왔거나 한 게 아닌가 하는 착각에 잠시 사로잡혔다. 어느결에 그의 곁으로 다가온 환웅이 명경을 건네 주면서 다음과 같이 말을 할 때까지 착각에 사로잡혀 있었다.

"명경을 보거라."

명경을 보고 난 곰은 놀라웠다. 거울 속에 곰은 없고 사람의 형상을 한 암컷이 있었다. 잠시 후 놀라움이 가시면서 곰은 몰려드는 감격과 기쁨으로 어찌할 바를 몰랐다. 그러나 여전히 한 가지 의문점은 있었다.

"환웅님께서 백 일째가 되는 날에야 사람이 된다고 하셨는데, 저는 삼칠일밖에 안 되었건만 어떻게 사람이 된 건가요. 명경 속에 비친 사람의 모습이 의심스럽습니다. 이게 진짜 제 모습인가요."

"진짜 네 모습이다. 넌 어둠의 동굴에서 쑥과 마늘만으로 연명한 지 삼칠일 만에 사람이 된 것이다. 백 일을 채우지 않고서도 네가 사람이 된 이유에 대해서는 나도 모르겠다. 아마도 천상계에 계신 내 아버지의 뜻이 그러해서 그리 된 게 아닌가 싶다."

사람이 된 곰을 웅녀라 불렀다. 웅녀는 이제 곰도 아니고 사람도 아닌 어중간한 존재여서 곰도 상대하지 않았고 인간도 상대하지 않아 쓸쓸했고, 그래서 신단수 그늘 아래 가서 열심히 빌었다. "제게 낭군을 점지해 주세요." 웅녀의 비원의 내용이었다. 웅녀가 빈 지 칠십구 일 만이었다. 환인이 웅녀의 비원을 들었고, 그 즉시로 환웅에게 그 사실을 전했다. 환웅은 웅녀의 배필

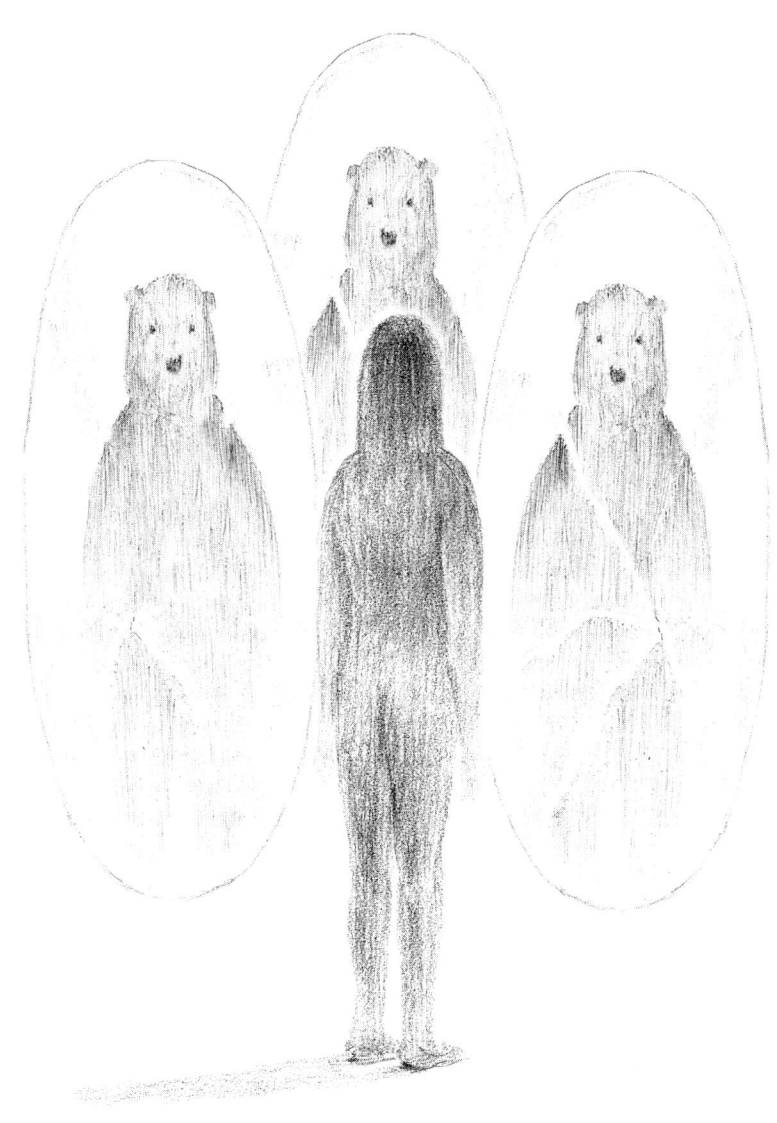

진양조 19

을 구하기로 했다. 그러나 곰족은 웅녀를 배신자라 하고, 인간족은 웅녀를 인간이 아닌 곰이라 하므로 배필을 구하는 일이 만만치 않았다. 웅녀의 배필을 구하는 일이 환웅의 고민이 되었고, 고민에 빠진 대부분의 존재들이 그런 것처럼 그의 심복인 풍백, 우사, 운사에게 자문을 구하였다. 자문을 듣고 조금 더 고민을 한 끝에 환웅이 내린 결론은, 웅녀를 인간으로 만든 게 그이므로 웅녀의 배필도 그가 되어야 한다는 것이었다.

  이리하여 환웅은, 잠시 인간으로 화하여 웅녀와 혼인했다. 환웅과 웅녀와의 사이에서 단군 왕검이 태어났다. 오늘날 단군 왕검의 자손들이 한반도에 널리 퍼졌다. 그들의 할머니의 할머니의 할머니……가 곰이었다는 사실을 기억하는 단군 왕검의 자손들은 드물지만. 하도 오래전 얘기가 되어서 그럴 거였다. 그러나 간혹, 가끔가다, 그 사실을 기억하는 사람들이 있었다. 그건 진짜 간혹, 가끔가다, 정말이지 보기 드물게 일어나는 일이어서, 확률적으로 볼 때 거의 일어나지 않는다고 보아도 좋았다.

안단테 칸타빌레

 유리로 된 집이었다. 햇빛을 받고 마치 보석처럼 사방에서 번쩍번쩍, 빛을 내고 있었다. 원형의 집을 보고 내가 받은 첫인상은 식물원이나 특별한 목적을 갖고 지은 집 같다는 것이었다.
 이런 언덕 아니 산이라고 해도 좋을 만한 외진 꼭대기에 저처럼 근사한 집이 서 있다는 것부터가 인상적이었다. 지은 지 상당히 오래된 듯하였지만 그렇다고 낡아 보이지 않았고, 크고 우람하고 웅장했다. 집터 자체는 정사각형에 가까운 형태였고, 그 수위를 아아치형의 울타리가 역시 사각으로 둘러쳐져 있었다. 울타리의 색은 하늘을 닮은 블루였는데, 간간이 빛이 바랜 곳과 페인트칠이 벗겨진 곳이 있었지만 흉하지 않았다. 그 사각의 마

당 정중앙에 지어진 집이 둥그런 원형이었다. 내가 그 집을 원형의 집이라고 부르게 되는 이유였다. 그 원형의 집을 빙 둘러 사방으로 유리가 덮혀 있어 그 때문에 원형의 집에 와 닿는 햇살들이 반짝반짝 눈이 부셨다. 그 모습이 마치 아득한 먼 나라의 궁전 같았다.

그러나 원형의 집이 나에게 아득한 먼 나라의 궁전처럼 보여지는 진짜 이유는 집앞에 당도한 여자가 거짓말처럼 사라져 버렸다는 것이었다. 내가 보는 앞에서.

나는 여자가 원형의 집 안으로 들어가는 것을 보지 못했다. 원형의 집의 대문은 열리지 않았고 여자는 대문이 있는 곳으로 간 흔적이 없었다. 대문을 향해 가고는 있었지만, 그곳에 당도하지는 못하였다. 그곳을 향해 가던 도중 나와 대문 사이에서 갑자기 증발해 버렸던 것이다.

원형의 집을 한 바퀴 삥 둘러보았지만 여자를 찾지 못했다. 한 바퀴 또 한 바퀴 그리고…… 둘러보았지만 마찬가지였다. 아무 것도 없었다. 있다면 햇빛과 공기와 바람 따위, 언덕 위에 늘상 있는 것들뿐이었다.

여자를 찾는 일에 지쳐 햇빛이 투명하게 내려쪼이는 원형의 집 푸른 울타리에 등을 기대고 그리고 담배를 한 대 피워 물었다. 나는 마치 내가 한 번도 와 본 적이 없는 지도의 어딘가에

들어와 있는 듯한 착각에 빠져들고 있었다.

"왜 남의 집을 기웃거리는 거예요."

담배를 다 피운 나는 원형의 집 문앞으로 가 한동안 그 앞을 서성였다. 문틈으로 드러나는 원형의 집 안을 들여다보기도 하고 무슨 소리가 들리지 않나 귀를 기울여 보기도 했다. 그러다 나는 돌연 나의 행동이 궁상맞게 여겨졌다. 내가 지금 남의 집 앞에서 무슨 짓을 하고 있는 거지, 그만 발걸음을 돌려 돌아가야겠다고 생각했다. 내가 막 돌아서려는 순간이었다. 등 뒤에서 여자의 목소리가 들려왔다. 나는 돌아섰다. 내가 찾고 있던 반팔 소매의 여자였다. 여자는 오른손에 팩우유가 든 비닐백과 털외투를 받쳐든, 사라지기 전 모습 그대로 나의 앞에 서 있었다.

"집이 특색 있게 생겼길래 한 번 살펴보던 중입니다. 아가씨 집인가 보지요?"

"거짓말 말아요. 난 당신을 D극장에서 보았어요. 당신은 극장에서부터 쭉 나를 미행해 왔잖아요."

여자는 내가 그녀의 뒤를 쫓고 있다는 사실을 눈치채고 있었던 모양이었다. 그것도 진작부터. 나는 여자가 나의 미행을 모른다고 생각하고 있었는데, 여자가 나에 대해 전혀 신경을 쓰지 않는 것 같았고 사실 신경을 쓰지 않았기 때문이었다. 나는 여자의 무심함 속에 숨어 안전하게 여자의 뒤를 쫓고 있다고 생각

했던 것이었다.

언덕 위로는 계속 차가운 겨울바람이 불어왔다. 지대가 높고 사방이 탁 트여 있어 바람이 거침없이 불어대는 걸 거였다. 몹시 추웠다. 바람을 피하려고 원형의 집 담벼락에 바짝 몸을 붙여 보았지만 소용이 없었다. 차가운 겨울바람은 거기로도 문제 없이 불어왔다 나갔다.

그러나 여자는 전혀 추위를 타지 않는 눈치였다. 여자는 외투를 벗어든 반팔 차림이었고, 그러고도 더운 듯 이마에 송글송글 이슬 같은 땀방울이 맺혀 있었다. 이마에 맺힌 이슬 같은 땀방울 중 몇 방울은 무게를 이기지 못하고 주루룩, 여자의 뺨을 타고 흘러내리기도 했다.

"내 뒤를 미행하는 진짜 이유가 뭐예요?"

"……."

"경찰에 신고하고 오는 길예요. 경찰들이 곧 당신을 잡으러 올 거예요. 왜 당신이 나를 미행하는지 알아보려요."

나는 당황하고 말았다. 내가 여자를 미행하는 이유는 나 자신에게도 모호했다. 그러나 여자가 경찰을 부르고 경찰과 조우하게 되고 하는 걸 내가 원하지 않는 것만큼은 분명했다.

"그게 아닙니다. 당신을 미행한 건 사실이지만 어떤 의도를 갖고 미행을 한 건 아닙니다."

여자가 나를 노려보았다. 나를 노려보는 여자의 이마에 여전히 송글송글 이슬 같은 땀방울이 맺혀 있었다.

"나는 무작정 당신을 쫓아온 것뿐입니다. 나는 오래 차를 기다리고 있었는데 당신이 내가 차를 기다리고 있는 버스정류장 앞으로 왔습니다. 내가 기다리는 버스보다 당신이 기다리는 버스가 먼저 왔고 당신이 버스를 타길래 내가 타야 할 버스가 아니었지만 그 버스를 탔습니다. 갑자기 그래야 한다는 생각이 들었기 때문에."

"왜 그래야 한다는 생각이 들어요?"

"글쎄요. 영화관에서 당신을 보았습니다. 혼자시더군요. 오늘 같은 날. 설날에 홀로 영화를 보러 오는 사람. 눈에 띄었습니다. 입고 있는 옷도 남달랐고요."

"혼자 영화를 보러 가면 안 되는 건가요. 그걸 금지하는 법이라도 있나요."

"아닙니다. 다만 오늘이 특별한 날이기 때문에 그렇다는 거지요. 명절은 원래 가족과 함께 지내라는 날이 아니던가요."

"바보 같은 소리예요. 난 혼자 살아요. 혼자 사니까 혼자 영화를 보러 가는 거예요. 설날이라고 해서 혼자인 내가 둘이 되지는 않잖아요."

"이 큰 집에 혼자 사신단 말씀입니까?"

나는 원형의 집을 가리키면서 물었다.

"이게 우리 집이라고는 말하지 않았어요."

"아니신가요."

여자는 대답하지 않았다. 나는 여자가 언덕의 꼭대기로 올라오기에 원형의 집이 여자의 집이라고 당연히 믿었다. 언덕의 꼭대기에 집은 원형의 집밖에는 없었으니까.

"그래서 나를 쫓아왔단 말인가요?"

"아마 그럴 겁니다."

여자가 놀라고 있었다. 그러나 여전히 의심스럽다는 눈초리로 나를 노려보았다. 여자의 이마에서는 계속해서 송글송글 이슬 같은 땀방울이 맺혔다 흘러내렸다 하고 있었다.

"나 역시 혼자 살고 있거든요. 그래서 당신처럼 오늘 혼자 영화를 보러 갔던 겁니다. 아마 그게, 특히 당신이 나의 눈에 띄게 되고 내가 당신의 뒤를 쫓게 된 이유라면 이유였을 겁니다. 난 당신이 결코 멀게 느껴지지 않았거든요."

나는 말을 하면서 주위를 살폈다. 여자가 불렀다는 경찰이 오지 않나 해서였다. 아직 경찰의 모습은 보이지 않았다. 저만큼 언덕 아래를 오가는 사람들의 모습은 드문드문 눈에 띄었지만 여기 언덕 꼭대기까지 올라오는 사람은 없었다. 언덕 위의 날씨는 빨리 내려가고 싶을 만큼 추웠다. 나의 코가 루돌프 코처럼 빨갰다. 어느새 여자가 원형의 집 문앞까지 가 있었다. 여자의 말을 듣고 순간 의심이 생기긴 하였어도 역시 원형의 집은 여자의 집이었다. 그렇지 않다면 여자가 언덕의 꼭대기까지 애써 올라올 이유가 없었다. 여자가 은색의 열쇠 꾸러미를 꺼내어 원형의 집 문을 따고 있었다.

"걱정하지 말아요. 경찰은 오지 않아요."

내가 근심스런 눈빛으로 자꾸 언덕 아래를 살피는 걸 보고 여자가 하는 말이었다.

"오지 않다니요?"

"경찰을 부르지 않았으니까요."

"부르지 않았다고요. 그럼 왜……."

"모르겠어요. 어쩌면 나도 당신이 혼자라는 걸 알았기 때문인지도 모르지요."

문이 열렸고 여자가 이런 말을 떨구어 놓고는 원형의 집 안으로 사라져 갔다.

여자가 들어가 사라져 버린 그 문이 닫히지 않았다. 여자가 깜빡 잊고 닫지 않은 건지 일부러 열어 놓은 건지 알 수 없었다. 나는 한동안 활짝 열려진 문을 물끄러미 바라보고 있어야 했다.

중중모리

　환웅은 지상계에 내려와 지상계를 다스리고는 있었지만 원래는 천상계의 족속이었다. 일시 사람으로 화하여 웅녀와 몸을 섞고 웅녀의 몸에 아들을 잉태케 하긴 하였지만, 그건 말 그대로 일시적인 일이었을 뿐이었다. 사람으로 화한 아름다운 웅녀가 혼인을 못하고 홀로 늙어 가는 모습이 마음 아파 그와 혼인을 했던 것이었다.

　원래 곰이었던 웅녀의 얘기가 인간들 사회에 널리 퍼졌었다. 인간족은 웅녀의 얘기를 호기심을 갖고 듣기는 하였으나, 호기심의 차원 이상은 결코 아니었다. 인간족의 누구도 웅녀를 인간으로 간주하려 들지 않았고, 웅녀를 아내로 맞이하려 들지 않았었다. 곰족들 역시도 웅녀의 얘기를 관심을 갖고 경청했었다. 웅녀의 얘기를 듣는 곰족들은 웅녀의 선택을 수긍하기는 하였지만, 분노를 감추기 어려웠다. 환웅을 사랑하는 마음이 깊은 것은 좋은 일이지만, 그렇다고 꼭 모습을 바꿀 필요까지가 있었느냐 하는 것이었다. 곰족이 얼마나 환웅님을 사랑하는가를 온천하에 밝히 드러내 보여 준 것은 잘한 일이지만, 하잘것없는 인간의 자존심을 높여 준 것은 묵과할 수 없는 오류요 실수라는 것이었다. 곰족들은 인간의 형상을 받음으로써 결과적으로 인간을 높이고 곰을 낮추고만 웅녀를 결코 곱게 여길 수 없었고, 곰족의 어떤 수컷도 웅녀를 그들의 아내로 맞이하려 들지 않았다.

웅녀는 천하에 외로운 자가 되고 말았다. 그녀의 근본인 곰족들로부터는 그들을 모욕하고 배신한 곰으로 배척당하고, 새롭게 얻은 근본인 인간족들로부터는 그들과는 다른 인간이라는 점에서 경원시되었다. 배척당하고 경원시된 웅녀는 신단수 그늘 아래로 가서 빌고 또 빌었다. 신단수는 원래 환웅이 하늘에서 지상계로 내려올 때 그 줄기를 타고 내려온 나무였다. 그러므로 신성한 나무였고 그 키가 하늘, 환인이 다스리는 천상계에까지 이어져 있는 나무였나. ㄱ 키가 환인의 천상계에까지 이어지고 있었으므로, 웅녀가 신단수 그늘 아래서 비는 것은 아주 적절한 일이었다. 그 기원의 내용이 이루어질 가능성이 높다는 것이었다.

중중모리

"저의 배필을 찾아 주세요. 그리하여 저의 이 외로움을 넘어설 수 있게 허락해 주세요."

웅녀는 그녀의 짝을 찾아달라고 빌었다. 그녀가 인간이 되고자 한 것은 오로지 환웅님을 사모하고 섬기는 마음 때문이었을 뿐이지, 그녀의 근본인 곰족과 그녀의 새로운 근본인 인간족 모두로부터 경원시되기 위하여서가 아니었다고 했다. 환웅님을 사모하고 섬기는 마음이 깊어 그녀가 인간이 된 것을 후회하지는 않지만, 이건 너무 외롭고, 외로움을 달래 줄 수 있는 짝이 있으면 좋겠다고 빌었다. 환의 나라의 다른 모든 백성들과 마찬가지로.

웅녀는 그녀가 사람이 되는 데에 한결같은 정성이었던 것과 마찬가지로, 칠십구 일을 하루같이 정성으로 빌었다. 꼭 칠십구 일째가 되는 날 웅녀의 비원이 천상계의 환인의 귀에 당도했다. 웅녀의 기원을 들은 환인은 웅녀의 애로사항을 십분 이해했고, 당연히 이해할 수밖에 없었는데, 세상의 만물은 음양이 조화를 이루게끔 만들어져 있는 까닭이었다. 환인은 그가 이해했던 웅녀의 애로사항을 지상에 있는 그의 아들 환웅에게, 천상계의 사자를 보내어 알려 주었다. 웅녀의 애로사항을 시정할 자는 환인 당신이 아니라 당신의 아들 환웅이라는 생각에서였다. 웅녀를 사람으로 만드는 데에는 환인 당신이 관여할 일이어서 당신이 직접 관여하였지만, 웅녀의 짝을 찾아 주는 일은 지상계의 일이었고 지상계의 일이라면 지상계를 다스리는 지상계의 왕, 환웅의 일임이 틀림없었다.

환인의 사자로부터 웅녀의 애로사항을 전해 들은 환웅은, 고민했다. 환웅은 웅녀의 짝을 찾기 위하여 그의 신하 가운데 풍백을 인간 사회와 곰 사회로 보내었다. 풍백은 뛰어난 책사였지만, 인간 사회의 인간들과 곰 사회의 곰들을 설득시키지 못하였다. 인간족의 남자나 곰족의 수컷들이나 웅녀를 그들의 짝, 아내로 결단코 맞아들일 수 없다는 입장이었다.

"우리는 곰이 아닙니다. 인간인 우리가 어떻게 곰과 혼인할 수 있겠습니까."

인간족의 반응이었다.

"웅녀는 우리 곰족을 모욕했습니다. 웅녀는 우리 곰족을 모욕한 응분의 대가를 받지 않으면 안 됩니다. 곰족의 우리들 중 누구도 웅녀를 아내로 맞이할 수컷은 없습니다."

곰족의 반응이었다.

풍백은 성과 없이 돌아와 평소보다 더욱 머리를 조아리며 성과 없이 돌아온 사정을 환웅에게 고하지 않을 수 없었다. 환웅은 풍백의 무능함을 탓하지 않았다. 웅녀에 대한 인간족과 곰족의 심사가 뒤틀려 있다는 걸 아는 환웅은, 그게 근본적으로 성

사될 수 없는 일이라는 걸 미리 점치고 있는 까닭이었다.

  그날밤 환웅은 결심했다. 웅녀의 짝이 될 존재가 이 지상계에는 없다는 사실이 백일하에 드러난 이 마당에, 천하에 외롭게 된 웅녀를 구할 방도라곤 단 하나밖에 없다는 것이었다. 그 자신이 인간으로 화하여 웅녀의 짝이 되어 준다는 것이었다. 환웅은 지금은 비록 지상계에 내려와 있긴 하여도 원래 천상계에 속하는 신족이어서, 완전체였고, 배필이나 짝이 필요 없는 존재였다. 환웅이 웅녀의 짝이 된다는 것은 그러므로 불합리한 일이었지만, 널리 지상계를 아름답게 하고자 한다는 그의 원칙에 충실하기 위해서, 천하에 외로운 웅녀의 외로움을 해소시켜 주는 것도 지상계를 아름답게 하는 일들 가운데의 하나였으니까, 환웅은 웅녀의 짝이 되어 주기로 결정했다. 그리하여 웅녀는 지상 최고의 존재 환웅과 혼인을 하게 되었던 것이었다. 결과적으로 보자면 웅녀는, 인간족과 곰족들로부터 배척을 당해 천하에 외로운 존재가 되었던 게 오히려 득이 되었다고 할 수 있었다.

  혼인날이었다. 환의 나라의 모든 백성들이 환웅과 웅녀의 혼인을 축하해 주기 위하여 신시로 모여들었다. 모여드는 백성들로 인하여 신시의 넓이가 오히려 비좁을 정도였다. 물론 웅녀를 그들 족속의 일원이 아니라고 주장하였던 인간족과 곰족들도 웅녀에 대한 응어리를 풀고 혼인식에 참석하였다. 천상계에서도 손님들이 내려왔다. 천상계의 왕인 환인의 선물과 전언을 가지고 내려온 환인의 사자들이었는데, 일곱선녀와 천군노선이었다. 일곱선녀는 신부인 웅녀를 위하여 하늘에서 짠 비단으로 된 신부복과 패물과 화장품을 갖고 와 웅녀를 치장했고, 천군노선은 거대한 알을 담을 수 있는 요람을 가지고 내려왔다. 그 요람은 혼인식에는 필요한 물건이 아니었지만, 후에 웅녀가 환인의 자식인 단군을 낳았을 때 요긴하게 쓰여질 물건이었다.

환웅과 웅녀의 혼인식은 천상계와 지상계의 축복을 받으며 실로 아름답게 치러졌고, 천상계와 지상계 공히 그 혼인을 축하하여 삼일 낮밤을 모든 생업을 놓고 춤과 노래, 가무의 축일을 보내었다.

첫날밤이었다. 온 세상이 축복해 주고 기뻐해 주는 이 혼인의 당사자인 웅녀는 정작 누구보다도 기뻐해야 할 텐데, 그러나 조금 슬퍼지고 말았다. 그의 낭군인 환웅이 다음처럼 말을 하였기 때문이었다.

"나는 원래 천상계의 족속이고 잠시 인간으로 화하여 그대와 결혼을 한 것뿐이오. 나는 그대와 평생을 해로할 수 없고, 다시 천상계의 족속으로 돌아가지 않으면 안 되오. 그리고 나는 천상계로 승천하게 될 것이오."

"원래의 모습으로 돌아가야 한다는 말은 이해가 되오나, 천상

중중모리 37

계로 다시 승천하신다 함은 소녀가 이해하기 어렵사옵니다. 그리하면 이 지상계는 어찌하시려는지요."

"그대가 나의 아이를 갖게 될 것이오. 그 아이가 이 지상계를 책임지고 나의 유업을 잇게 될 것이오. 이 모두가 나의 아버지 하늘의 제석이신 환인의 뜻이요."

"언제 오르시지요."

"그리 멀지 않은 장래가 될 게요."

웅녀가 환웅과 혼인한 이후, 웅녀를 천하에 외로운 자로 만드는 일들은 더 이상 일어나지 않았다. 오히려 사정이 백팔십도 바뀌었다고 할 수 있었다. 인간족과 곰족들 사이에서 웅녀에 대한 평판이 예전과는 다르게 나돌기 시작했다. 서로 웅녀가 그들 족에 속한 여인이었다고 떠들어 대기 시작하였던 것이었다. 곰족들은 웅녀가 그 근본이 곰이었다는 점에서, 웅녀의 웅이 바로 곰을 나타낸다는 점에서 곰족의 일원임을 주장했다. 인간족들은 웅녀의 근본이 곰이긴 하지만 그것은 과거의 일이고, 이미 인간이 되었고 인간이 된 지도 한참 오래되었으므로 웅녀는 인간족의 일원임이 틀림없다고 주장했다. 어느 쪽의 얘기나 다 일리가 있었고, 과거를 중시하는 족속들의 경우에는 곰족의 주장을 일리 있는 것으로 수긍했고 과거보다는 지금 이곳이 중요하다고 여기는 족속의 경우에는 인간족의 말을 수긍했다.

곰족의 말을 조금 더 일리 있다고 보는 족속들은 예를 들자면, 오소리족과 두더지족과 들쥐족 등으로 주로 땅속에서 사는 족속들이었고 인간족의 말을 좀더 일리 있다고 여기는 족속들은 올빼미족과 다람쥐족과 부엉이족 등 주로 날거나 나무 위에서 생활하거나 하는 족속들이었다. 땅속에 사는 오소리족과 두더지족과 들쥐족 등은 과거에 집착하는 경향이 있었고, 하늘을 날거나 나무 위에서 사는 올빼미나 다람쥐나 부엉이족 등은 미래를 중시하는 경향이 있는 까닭이었다. 서로의 주장이 너무도 강하고 지지하는 족속들의 수도 거의 비등해서, 곰족과 인간족 사이에 하마터면 다툼이 일어날 뻔까지도 하였었다. 실제로 약간의 갈등은 두 종족 사이에 눈에 띄지 않았지만, 있었었다. 두 종족 사이의 대립을 중재한 것은, 다름아닌 웅녀였다. 웅녀는 그녀가 곰인 동시에 인간이요 인간인 동시에 곰임을 분명히 밝힘으로써 곰족과 인간족과의 갈등에 쐐기를 박고, 화평을 가져왔던 것이었다.

한때 웅녀의 근본이 자신들 쪽이라고 주장하고 나서는 바람에 갈등의 골이 깊어지기도 했던 인간족과 곰족은, 그러나 그로인해 다른 종족들보다 그 위상이 현저히 높아지게 되었다. 환웅의 아내가 웅녀인데, 그 웅녀가 그들 족속에서 나왔기 때문이었다. 땅 밑의, 땅 위의, 하늘을 나는, 모든 지상의 백성들이 인간족과 곰족을 부러워했고, 인간족과 곰족은 우쭐했다. 인간족과 곰족들이 우쭐해진 것은, 그럼으로써 다른 종족들에 대하여 다소 거만해진 것은 비난받아 마땅한 일이었지만, 그럴 만한 일이기도 했다. 환웅의 배필은 아무 종족이나 낼 수 있는 게 아니라고 일반적으로 백성들 가운데 여겨지기 때문이었다. 환웅의 배필을 낼 정도의 종족이라면 무언가 그들과는 달라도 다른 거라고 환웅의 백성을 형성하는 여타의 종족들 가운데 믿어지고 있는 까닭이었다.

환웅은 꼭 스무하루 동안 인간족으로 웅녀와 부부로 살았고, 그리고 다시 천상족이 되었다. 웅녀와 헤어지고 나서 열 달이 지난 후 환웅은 그의 아버지, 환인이 다스리는 천상계로 귀환했다. 환웅이 천상계로 귀환한 데에는 두 가지의 이유가 있었다. 백성들로 하여금 널리 지상계의 아름다움을 깨닫게 하리라는 원래의 목적을 달성한 때문이 그 한 가지 이유요, 웅녀가 아이를 낳았음이 그 두 가지 이유였다.

환웅은 삼위태백 태백산 아사달의 신단수 아래에서 뭇 백성들을 다스렸는데, 그 다스린 기간이 일천오백구십팔 년이었다. 그 일천오백구십팔 년 동안 환웅의 뭇 백성들은 모두 지상계의 아름다움이 천상계의 아름다움에 못지 않음을 깨우쳤고, 더 이상 천상계의 삶을 동경하지 않고 지상계의 삶에 만족하게 되었다.

환웅의 백성들은 모두 행복했고 환웅은 그의 목적을 이루었고 실상, 이젠 지상계에 남아 있을 이유가 없게 되었는데, 그때 마침 웅녀가 아이를 낳았던 것이었다. 웅녀가 낳은 아이는 환웅, 그의 아이였다. 아이를 보는 순간 환웅은 지상계를 떠나 천상계로 올라가야 할 때라는 걸 알았고, 그가 거느리고 내려온 풍백, 우사, 운사와 삼천 무리와 천부인 세 가지는 그대로 지상계에 놓아둔 채 어느 날, 햇빛이 유난히 밝은 날 아침 신단수를 타고 천상계로 돌아갔다. 환웅이 천상계로 돌아간 날은 '하늘이 처음 열리던 그날', '개천절'과 같은 날이었다. 후에 단군 왕검이 나라를 열면서 나라의 이름을 조선이라 짓게 되는데, 그 이름이 단군 왕검의 아버지 환웅이 아침에 태백산의 신단수를 타고 천상계에서 지상계로 내려오고, 또 지상계에서 천상계로 귀환한 것과 관련이 있었다. 환웅의 나라가 아침에 열리고 또 아침에 닫혔다는 의미에서 그 나라를 계승하는 단군 왕검은 당연히 자신의 나라의 이름을 조선이라고 그와 같이 명명했던 것이었다.

환웅이 천상계로 돌아가 버렸다고 해서 지상계에 문제가 생기지는 않았다. 이미 지상계의 아름다움을 깨우친 환웅의 백성들은 천상계를 동경한다거나 불행해지거나 하지 않았고, 환웅이 없을 때에도 있을 때나 마찬가지였다.

그러나 환웅의 백성들은 환웅이 지상에 있을 때나 없을 때나 마찬가지였지만, 환웅의 백성들이 아닌 백성들은 환웅이 지상계에 있을 때와 없을 때가 판이하게 달랐다. 환웅이 있을 때는 감히 넘볼 엄두조차 내지 못하던 환웅의 나라를, 환웅이 천상계로 돌아가 버리고 나자 호시탐탐 넘보기 시작했던 것이었다. 지상계의 아름다움을 모르는 다른 나라의 백성들은 지상계의 아름다움을 알고 행복해 하는 환웅 나라의 백성들이 부럽지 않을 수가 없었다. 환웅이 지상계에 있는 동안에는 그 부러움은 부러움으로 남았지만, 환웅이 천상계로 돌아가 버리고 말자, 바로 고까움으로 바뀌었던 것이었다. 환웅 나라 백성들이 고까운 다른 나라 백성들은 곧잘 환웅 나라 백성들을 집적거리기 시작했다. 그 중에서도 서남방으로부터 빠른 속도로 북동쪽으로 올라오고 있던 한漢의 무리가 가장 극심했다. 한의 무리는 원래 고아시아의 남방계에 속하는 3황 5제의 후예로 극도로 경직된 계급사회였고, 성질이 포악하고 난폭하며 지나치게 자기 중심적인 무리였다. 남방의 뜨거운 태양 아래에서 살고 있었는데, 환웅의 소식을 듣고, 그 도를 듣고 그의 백성이 되기 위하여 동북방으로 이동하여 오던 차에 실망스러운 소식을 듣고 화가 나고 말았던 것이었다. 실망스러운 소식이란 물론 환웅이 천상계로 돌아가 버렸다는 것이었다. 한족은 원래가 포악하고 난폭한 무리여서 무슨 꼬투리만 생겨도 화를 내는 거니까, 그들이 바라고 올라온 환웅이 갑자기 사라져 버렸다는 소식을 듣고 분기탱천하고 만 것은 어쩌면 당연한 일이었다.

한의 무리가 너무 기승을 부리는 바람에 환의 백성들은 대책을 강구하지 않으면 안 되게 되었다. 풍백, 우사, 운사와 천상계에서 온 삼천 무리를 중심으로 장고의 숙의가 있었다. 사흘 낮밤에 걸친 장고의 숙의 끝에 내려진 결론은, 공석이 된 환웅의 자리를 대신할 누군가가 급히 필요하다는 것이었다. 환웅의 아들 단군이 웅녀의 몸에서 태어나기는 하였지만 그는 아직 갓난아기여서 나라를 다스릴 수 없고, 단군이 성인이 될 때까지 임시로 나라를 다스릴 섭정자가 필요하다는 것이었다. 풍백, 우사, 운사와 천상계에서 온 삼천 무리가 참여한 그 장고의 숙의에서 섭정자로 웅녀가 지목되었다. 과거의 왕이었던 환웅의 아내요 미래의 왕이 될 단군의 어머니인 웅녀라면, 누가 보아도 섭정자의 자격이 충분했다.

풍백, 우사, 운사와 천상계에서 내려온 삼천 무리가 참여한 장고의 숙의에서 웅녀가 환웅 나라의 섭정자로 지명되었다는 소식을 듣고, 환웅의 나라를 집적거리는 무리 가운데 가장 포악한 무리인 한의 무리가 비웃었다. 한의 무리는 몹시 경직된 신분질서를 지닌 무리로 최상층 계급에 인간이 있고 그 최상층 계급의 인간도 또 넷으로 계층이 분화되었고, 그 다음 계급으로 사자와 호랑이를 필두로 하는 맹금류가 있고, 상민과 최하층민을 형성하는 가금류와 조류와 곤충류들이 있었다. 한의 무리에게 있어 곰은 하층민을 형성하는 족속이었고, 존재 차원에 있어 저급의 존재였다. 한의 무리는 일찍이 웅녀가 곰이었다는 소식을 들어 알고 있었다. 아무리 웅녀가 인간이 되었다 하더라도 웅녀의 본질은 곰이고, 한의 무리의 신분질서 상에서 볼 때 인간도 아닌 곰은 최하층민이니까 웅녀는 비천한 존재이고, 그들이 보기에 비천한 존재일 뿐인 웅녀를 그들의 섭정자로 받드는 환의 백성들을, 한의 무리는 비웃지 않을 수가 없던 것이었다. 앞으로 한의 무리는 웅녀를 비천한 존재로 비웃은 그 비웃음의 대가를 톡톡히 치르어야 할 것이었다. 왜냐하면 세상에 웅녀를 비롯하여 그 누구도 비천한 존재란 있지 아니하기 때문이었다. 한의 무리는 곰을 비천한 족속으로 알고 있지만 이는 그들의 신분질서가 잘못되었음을 인정할 뿐이지, 환웅의 가르침은 그와 같지 않았던 것이었다. 한의 무리는 환웅의 가르침을 따르기 위하여 동북방으로 이주해 온 것이었으면서도 환웅의 가르침이 지상의 아름다움을 깨우치는 데에 있고, 그러기 위해서 우선되는 전제가 어떤 족속 어떤 무리들 가운데에서든 층하를 두어서는 안 된다는 사실을 모르고 있었던 것이었다.

악첼레란도

열려진 문을 통해 원형의 집 안으로 들어갔을 때 나는 적잖이 당황했다. 정원이 너무 황량했다. 너무 오래 사람의 손길이 가닿지 않아 무심해져 버린, 스산한 모습이었다. 일종의 야생성이랄까, 제멋대로 자라오른 수목들이 한겨울이었음에도 도발적일 만큼 섬뜩했다. 밖에서보다 더 깊은 한기가 느껴졌다.

대문에서 원형의 집 현관까지는 걸어서 오십여 보쯤, 꽤 되는 거리였다. 나는 정원 주변을 살피면서 천천히 원형의 집 현관을 향해 걸어 들어갔다. 대문에서 현관까지 매끄러운 흰색 정원석이 깔려 있었다. 손을 보지 않은 탓인지 정원석 틈새로 제멋대로 잡초들이 자라나와 무성해진 모습이 흉했다. 나는 현관으로 가는 길의 중간쯤 정원석 위에 찍힌 흙발자국 속에서 여자의 것이 아닌 다른 네 개의 발자국을 발견했다. 처음에는 무심하게 넘겼지만 발자국의 흔적이 너무 선명하고 확실해 곧 유심히 살펴보지 않을 수 없었다.

발자국은 네발 달린 짐승의 것이었는데 여자가 키우는 애완동물의 발자국 같았다. 발자국이 크고 선명한 걸로 보아서 고양이는 아닌 것 같고 개 종류인 것 같은데 개 중에서도 셰퍼드나 그레이하운드처럼 덩치가 큰 종류의 개인 듯싶었다. 기분이 썩 유쾌하지 않았다. 그 네발 짐승의 발자국은 내가 원형의 집 현관에 당도할 때까지, 그리고 현관을 너머 집 안으로 들어서서까지 나 있었다. 집 안으로까지 거침없이 나 있는 그 네발 짐승의 발자국을 보고 주춤했다. 여자는 그녀의 정원처럼 그녀가 기르는 애완동물에 대해서도 방치해 둔 채 돌보지 않는 것 같았다. 그녀가 기르는 애완동물이 어딘가에서 묻혀 온 더러운 몰골로 마구 집 안을 헤집고 다녀도 손을 쓰려고도 제한을 가하려고도 하지 않는 것 같았다. 정원이 야생화하면 황량해 보일 뿐, 그뿐이었다. 그러나 덩치 큰 동물이 야생화한다면, 나는 주춤했다.

넓은 원형의 거실에는 아무도 없었다. 여자도 여자가 기르는 애완동물도 없었다. 있다면 햇살을 받고 선명하게 드러나 있는 흔적, 거실바닥 여기저기에 찍혀 있는 여자와 여자가 기르는 애완동물의 발자국이 있을 뿐이었다. 원형의 거실 위로 올라섰다. 거실 위로 올라선 나는 여전히 구두를 신은 채로였다.

거실바닥이 온통 하얀 신발자국이었다. 원래 갈색의 윤기나는 바닥이었을 거실바닥에는 늙은이의 센머리처럼 하얗게 흙먼지가 내려앉아 있었다. 발걸음을 떼어놓자 하얀 흙먼지가 미세한 분가루처럼 날아올라와 흩날렸다. 햇살 속에서 먼지의 한없이 느린 움직임이 모두 눈에 들어왔다. 내가 들어온 집은 하얀 먼지가 눈처럼 쌓여 있는 아주 특별한 집이었다.

먼지는 어디에나 있었다. 손을 한 번 흔들어도 먼지가 날리는 게 보일 정도였다. 먼지만큼 많지는 않았지만 찢겨지거나 꾸겨진 종이쪽도 수북했다. 거실 이곳저곳에 종이쪽이 책처럼 쌓여 있었다. 벽의 귀퉁이에는 어김없이 원형의 집을 닮은 원형의 거미집이 있었고, 벌레들의 흔적이 있었다. 물건들은 어디든 제 있고 싶은 곳에 가 머물러 있었다. 아무도 정리하는 사람이 없으니까 어쩌다 흘러들어간 곳이 그것들이 있는 자리라는 식이었다. 깨진 유리컵조차 치워지지 않은 채로 그대로 방치되어 있었다. 실내에서도 신을 신은 채로 생활하는 듯했으므로 굳이 깨진 겁소삭을 지울 필요가 없는 일이긴 하였지만 이건 좀 너무했다 싶었다. 여자 혼자 관리하기에는 집이 너무 커서 그럴 거라고 생각을 해 보지만 그렇더라도 이건 방치의 도가 너무 심각했다.

나는 폐가를 떠올렸고, 폐가에 들어온 거라는 착각에 사로잡히고 있었다. 나를 더욱 그런 쪽으로 몰아갔던 건 집 안을 감도는 그 한없는 냉기였다. 거실 안에 들어와서 집 바깥에서보다 더 깊은 추위를 느끼고 있었다. 난방이 되어 있지 않았는데, 그것도 아주 오래 전부터 그래왔던 것 같았다.

"완전히 무단침입이로군요."

집 안으로 사라져 보이지 않던 여자였다. 어느새 나타난 여자가 나의 등 뒤에서 이렇게 말하고 있었다. 나는 창가에 서서 해바라기를 하고 있는 중이었다. 여자의 목소리가 들려왔을 때, 나는 투명한 겨울햇살을 받고 몸이 조금 녹아 가고 있는 중이었다.

여자의 갑작스런 출현이라든가 여자의 석연찮은 말보다도 여자의 옷차림 때문에 다시 한 번 놀랐다. 여자는 여전히 빨간 반팔 티셔츠에 이번에는 바지 역시 반바지였다. 다시 한 번 말하지만 여자의 집은 난방이 되어 있지 않았고 방금 들어온 바깥날씨만큼이나 추웠다. 그래서 나는 추위에 떨고 있었는데, 여자가 아무렇지도 않은 듯 여름옷을 입고 나타났으므로 내가 놀라워했던 건 당연했다. 더구나 여자는 그런 옷차림을 하고도 오히려 더운 듯한 시늉, 그녀의 오른손을 귓가에 바짝 갖다대고 흔들어 바람을 일으키고 있었다.

"난 당신을 집 안으로 들어오라고 한 적이 없어요."

하긴 여자가 영화관에서부터 그랬다는 걸 감안하면 여자의 옷차림이 놀랍기만 한 것은 아니었다. 여자는 영화관에서 보았을 때부터 다소 도발적인 모습을 하고 있었다. 그런 여자가 빨간 반팔 티셔츠에 청반바지를 입고 나타났다고 해서 새삼스럽게 놀랄 일은 아닐는지 몰랐다. 어쩌면 그건 충분히 예견된 일이었을 수도 있었다.

"도대체 누가 당신을 들어오게 했지요."

"당신이 문을 열어놓은 채 안으로 들어왔습니다."

"그래서요."

"난 당신이 내가 따라 들어오기를 바라는 줄 알았는데……."

"편리한 해석이군요."

"아니었나요."

"내가 대문을 열어놓았단 말인가요?"

"대문뿐만이 아니라 현관문까지도 열어놓았지요."

여자는 묘한 표정을 짓고 있었다. 그녀가 저지른 실수를 어이없어 하는 표정을 닮아 있었다. 여자의 말과 표정을 대하자 내가 착각을 하고 말았다는 생각이 얼핏, 왔다갔다.

"그랬었니요. 제가 착각을 했군요. 그게 아니라면 돌아가겠습니다."

"잠깐만요."

나는 돌아서려 했다. 여자가 나가려는 나를 붙잡았다. '잠깐만요.' 부르는 여자의 얼굴이 맑게 웃고 있었다. '난 몇 마디 농담을 한 것뿐예요.'라고 말하는 것처럼.

"당신 말이 맞아요. 문을 열어놓은 건 의도적으로 그랬던 거예요. 당신이 날 따라 들어오기를 바라고요."

나는 나가려던 발걸음을 멈추어 세웠다. 그리고 여자를 바라보았다.

여자가 계속해서 말을 이어갔다.

"오늘이 무슨 날이라고 했나요."

"설날."

나는 반사적으로 대답을 했다.

"그래요 설날……오늘 같은 날 집에서 혼자 지내기는 어렵지요. 서글퍼지니까요. 난 혼자 있는데 익숙하고 집 밖을 나가면 더위 밖으로 나가기 싫어하고 또 집 밖으로 나가지도 않아요. 하지만 이런 날은 혼자 집 안에만 틀어박혀 있기가 정말 힘들어져요. 설날이라니. 무슨 되먹지 않은 날이예요. 혼자 있는 걸 힘들게 만들어 놓는 날이잖아요. 그래서 이 무더운 날에, 이 무더운 날 말예요, 저 두꺼운 겨울외투를 걸치고 영화를 보러 가야 했던 거예요."

집 밖으로 나가면 덥다느니 무더운 날이라느니 하는 여자의 말이 유난히 또렷하게 나의 귀에 들어와 박혔다. 여자의 행색으로 보아 여자의 입에서 충분히 나올 법한 말이긴 하였지만 통상적인 언급은 아니었다. 나는 불쑥, 여자에게 무엇이 그렇게 더운지 묻고 싶어졌다. 오늘은 더운 날이 아니었다. 난방도 안 된 거실에서 나는 떨고 있는 중이었다. 나는 여자에게 오늘은 전혀 더운 날이 아니라는 사실을, 덥기는커녕 춥기만한 겨울이라는 사실을, 상기시켜 주어야겠다고 생각했다.

"당신이 그랬지요. 혼자 집에 있는 게 어려워 영화를 보러 온 거라고요…… 나도 그랬어요."

그러면서 여자가 무너지듯 소파에 앉았다. 푹 하는 스프링 꺼지는 소리가 났고, 자동차가 지나간 후의 시골길처럼 하얀, 수많은 먼지의 입자들이 여자의 주위로 피어올랐다. 여자가 하얗고 무수한 먼지의 입자들 속에서 나에게 그녀처럼 소파에 앉을 것을 권했다. 여자의 왼쪽어깨 위로 햇살이 나른한 그림자를 만들며 누웠다. 나는 아주 조심스럽게, 여자의 맞은편 소파 위에 자리를 잡고 앉았다. 소파 위에 눈처럼 가득 앉은 하얀 먼지 입자들을 흩날리지 않도록 하기 위해서. 그러나 아무리 조심스럽게 자리를 잡고 앉았어도 나보다 민감한 먼지의 입자들은 여자의 경우처럼은 아니지만, 쉽사리 나의 주위로도 안개처럼 피어올랐다.

"추우세요?"

"글쎄 좀 춥군요. 거실 안이⋯⋯."

"당연히 추울 거예요. 난방을 하지 않았거든요. 난방을 하지 않은 지 아주 오래되었어요. 지금은 날씨가 많이 풀려 괜찮지만 지난 일월에는 여기 거실 안에서도 얼음이 얼 정도였으니까요. 그땐 좀 견딜 만했었는데."

나는 여자를 빤히 바라보았다. 여자를 바라보는 나의 감정이 뒤숭숭했다.

"당신은 별로 추위를 타는 것 같지 않군요."

"왜요. 왜 그렇게 생각하지요."

"당신이 입고 있는 옷이나 이마에 맺혀 있는 땀방울 때문이지요. 그리고 난방이 되어 있지 않은 거실 때문이기도 하구요. 아니면 난방비가 없는 건가요."

"호호호."

여자가 웃었다. 여자의 어깨가 들썩였다.

"난방비가 없지는 않아요."

여자가 자세를 바꾸었다. 팔짱을 꼈고 오른쪽다리를 왼쪽다리 위에 포개 놓았다. 그 동작은 빠르지도 느리지도 않게 알맞은 시간대에 이루어졌는데, 그러나 나에게는 매우 길게 느껴졌다. 나는 팔짱을 끼고 다리를 꼬고 앉은 여자가 꽤 자극적이라는 생각을 했다.

"당신 말이 맞아요. 난 더위를 타요. 이런 겨울에도 말예요. 이런 추운 겨울에 더위를 타다니, 말도 안 되는 소리잖아요."

"……"

"이런 추운 겨울날 더워 죽겠다고 하면 사람들은 모두 이상하게 볼 거예요. 당신 역시 당연히 이상하게 볼 거구요. 이상하게 보지 않는다면, 그게 이상한 일일 거예요. 안 그런가요."

나는 대답하지 않았다. 대답하지 않더라도 그게 이상해 보인다는 건 의심의 여지가 없었다.

"하지만 난 더워요. 여름에는 물론 덥지만 겨울이라고 해서 달라지지 않아요. 나에게는 겨울도 여름이나 마찬가지로 더운 계절일 뿐예요."

"신기한 일이군요."

나는 왼쪽과 오른쪽이 한치 빈틈없이 달라붙어 있는 여자의 허벅지를 바라보고 있었다. 눈길이 자연스럽게 그쪽을 향하던 중이었다. 여자가 매우 짧은 반바지를 입고 있어 하얀 허벅지가 드러나 보였다. 여자를 바라보는 나의 눈길이 여자처럼 차츰차슴 너위를 느껴 가고 있었다.

"나는 이 큰 집에 혼자 살아요. 사람들을 초대하지도 않아요. 나는 더워 힘든 이곳을 사람들은 추워하거든요. 어떤 사람들은 난방도 되어 있지 않은 이 곳에서 내가 틀림없이 얼어죽게 될 거라고 걱정들을 해요. 하지만 난 절대로 얼어죽지 않아요. 얼어죽기는커녕, 만일 내가 죽는다면 그건 더위 때문일 거예요. 난 추위가 어떤 건 줄 몰라요. 아주 옛날부터 그랬어요……. 다시 추위를 느낄 수 있다면…… 모든 게 예전처럼 돌아갈 수 있을 테지만……."

"혼자 사는 이유가 그 때문인가요. 이 큰 집에서."

여자가 고개를 끄덕였다. 그렇다는 의미일 것이었다.

"하지만 난 조만간에 이곳을 떠나게 될 거예요. 정이 든 집이긴 하지만 나에게는 언제나 낯설고 벅찬 환경이었어요. 물론 서울에 머물러 있을 작정이면 이만한 장소도 구하기가 쉽진 않은 일일 거예요. 하지만 이제 난 곧 서울을 떠날 거거든요."

"어디 좋은 곳으로 가시나요."

"네, 아주 먼 그래서 좋은, 곳으로 가요."

그리고는 여자는 잠시 말을 끊었다. 여자가 나를 그윽히 바라보고 있었다. 나를 바라보는 여자의 눈빛은 아주 의미심장했다. 마치 순간 꿈을 꾸고 있었다고 할까.

"나는 피나쿠르로 떠날 거예요."

"피나쿠르요?"

"남극의 한 지역이예요. 펭귄이 엄청나게 많이 산다는 곳이에요."

"? ……"

"정부에 남극 이주신청을 내놓았어요. 호주정부에도 진정서를 보냈고요. 조만간에 연락이 있을 거예요."

"언제 이주신청을 냈는데요."

"삼 년 전에요."

나는 더 이상 말하지 않았다. 여자도 말이 없었다. 여자가 말이 없는 건 나와 같은 이유에서는 아닐 테지만 나는 굳이 나와 같은 이유에서라고 믿었다.

여자를 차근차근 들여다보기 시작했다. 여자는 한여름 더위를 먹은 사람의 모습을 하고 있었다. 이마에 이슬처럼 맺혀 있던 땀방울이 여자가 이야기를 하면서부터는 주룩주룩 빗줄기처럼 흘러내리기 시작했고 입고 있는 티셔츠가 금세 땀에 젖어 들었다.

"당신은 왜 혼자 살고 있지요?"

"간단합니다. 할머니가 돌아가셨기 때문이지요."

"할머니라니요?"

"나의 유일한 가족이지요. 중학교 이학년 때 돌아가셨습니다."

"그럼 그때 이후 쭉 혼자였나요?"

"네."

"왜요. 결혼을 할 수 있었을 텐데요."

"글쎄요. 나는 결혼을 하기에는 너무 가진 게 없거든요."

"이 세상에 혼자 살아야 할 만큼 가진 게 없는 사람은 없어요. 혼자 살아야 할 만큼 많이 가진 사람은 있어도요."

"예외가 있겠지요. 당신이 겨울에도 여름을 타는 것처럼 말입니다."

말을 하면서도 내내 여자를 뚫어지게 응시하고 있었다. 여자의 뒤를 미행해 온 까닭을 비로소 알 것 같았다. 지금까지는 모호한 채로 안개 낀 거리를 닮고 있었으나 이제는 모호하지 않았다. 나는 여자를 원하고 있었던 것이다.

"아직도 당신처럼 가진 게 없는 사람이 있던가요?"

여자가 불쑥, 던진 질문에 퍼뜩 정신이 들었다. 나는 아연해지고 말았다. 나처럼 가진 게 없는 사람들은 수도 없이 많았기 때문이었다.

"물론."

"난 잘 믿기지 않아요. 난 오래 전부터 가난하지 않았고 그리고 바깥일에 신경쓰지 않았기 때문에 세상이 어떻게 돌아가고 있는지 잘 모르겠어요. 난 가난은 오래 전에 사라진 줄로만 알았는데……."

여자의 말은 끝이 맺어지지 않았다. 여자가 그녀 말의 끝을 맺고 싶어하지 않았기 때문인지 모르겠다. 그러나 마침 들려온 동물의 울부짖음 때문이기가 더 쉬웠다. 어쩌면 그 두 가지의 이유가 적당히 함께 작용한 탓일 수도 있겠다.

나는 당연히, 자연반사적으로 동물의 울부짖음 소리가 나는 쪽으로 고개를 돌렸다. 그러나 나의 시선은 한곳에 오래 머물지 않았다. 그 울부짖음 소리가 어디서 들려오는지 확실치 않았기 때문이었다. 내가 소리를 찾아 사방으로 고개를 돌리고 있을 동안 또 한차례 동물의 울부짖음 소리가 들려왔다. 나는 가슴이 철렁, 파도를 쳤고 몹시 추웠다. 그건 아주 낯선 내가 잘 알지 못하는 동물의 입에서 나오는 소리였다. 나는 원형의 집 안으로 들어오면서 보았던 네발 짐승의 발자국을 떠올렸다. 그 발자국이 머릿속에 떠오르자 오싹하는 한기가 등줄기를 타고 한차례, 흘러왔다 흘러나갔다.

여자에게로 시선을 돌렸다. 여자의 얼굴이 어느새 저녁노을처럼 붉게 변색되어 있었다. 얼굴뿐만이 아니었다. 여자의 몸 전체가 그렇게 저녁노을처럼 붉은 빛깔로 변색되어 있었다. 방금 전까지만 해도 여자의 낯빛은 투명할 정도로 하얘, 여자의 투명할 정도로 하얀 얼굴을 보며 나는 여자가 아주 오랫동안 집 안에만 틀어박혀 햇빛을 보지 않았으리라는 걸 쉽게 짐작할 수 있었다.

"탱커예요."

"탱커라고요?"

"내가 키우는 애완동물이에요."

애완동물이라는 여자의 말이 어느 정도 나의 기분을 가라앉혀 주었다. 그러나 나는 안심하지는 않았다. 잘못 들은 게 아니라면 동물의 울부짖음 소리는 내가 익히 알고 있는 동물의 울음소리가 아니었다. 처음 듣는 크고 우렁찬 소리였고, 막무가내로 두려움과 경계심을 불러일으키는 소리였다.

"개나 고양이, 그런 종류인가요?"

여자가 나를 물끄러미 바라보았다. 나를 바라보는 여자의 얼굴이 더욱 붉게 변색되어 가고 있었다. 얼굴처럼 여자의 몸빛 역시 그렇게 붉은 빛깔로 변색되어 가고 있을 게 틀림없었다.

"그런 종류가 아녜요."

"개나 고양이가 아니라면 모르겠는데요. 요즘에는 애완동물도 다양해져서 쥐나 바퀴벌레나 사마귀까지도 키운다고 하지만 난 애완동물 하면 개나 고양이밖에 떠오르는 게 없거든요."

"곰예요. 북극곰."

"……."

여자는 그녀가 기르는 애완동물이 '북극곰'이라고 했다. 곰을 애완동물로 기를 수도 있는가, 나는 하아 - 입이 벌어진 채 다물어지지 않았다. 나는 곰을 애완동물로 기른다는 얘기를 들어본 적이 없었기에 내 귀를 의심했다. 잘못 들은 게 아닌가 싶어 한 번을 더 확인해야 했다.

"추운 지방에서 사는 녀석들이 부러웠어요. 녀석들은 나와 같다는 걸 알고 있었거든요. 녀석들도 나처럼 더운 건 견디질 못해요. 내가 그곳으로 갈 수 있었다면 탱커를 데려오지는 않았을 거예요. 나처럼 더위에 고생을 할 테니까요. 하지만 갈 수 없었기 때문에, 하는 수 없었어요. 데려오는 수밖에는. 나는 나와 같은 게 필요했어요. 탱커는 그래서 내게로 온 거예요."

여자가 자리에서 일어났다. 자리에서 일어나는 여자가 나를 불안하게 했다. 나는 여자가 왜 일어나나 싶었고, 일어서는 여자가 결코 반갑지 않았다. 여자가 다시 앉아주기를 바랐다. 여자가 일어난 자리 위로 하얀 먼지가, 비포장도로의 흙먼지처럼 뽀얗게 일어나 흩날렸다.

"어딜 가려고요?"

"깜빡 잊고 있었어요. 가스레인지에 커피포트를 올려놓은 걸요."

"아니 됐습니다. 나는 차 같은 건 먹고 싶지 않습니다."

"기다리세요. 나는 꼭 대접을 하고 싶어요."

차를 타오겠다는 여자의 친절을 나는 극구 사양했다. 거의 필사적으로 그럴 필요가 없다고, 여자를 만류했다. 차 생각이 없어서라기보다 혼자 거실 안에 남겨지는 일이 두려워서였다. 나는 원형의 집 안으로 들어오는 도중 네발 짐승의 발자국을 충분히 목격했다. 그 발자국은 어디에 얽매이지 않은, 자유롭게 돌아다닐 수 있는 짐승의 발자국이었다. 처음부터 신경을 쓰이게 하던 발자국이었었다. 개 종류려니 하고 그만 더 이상의 생각을 접고 말았지만 찜찜한 기분은 좀처럼 가시지 않았었다. 그런데 그 발자국은 개가 아닌 곰, 그것도 북극곰의 발자국이라는 것이었다. 북극곰이라면 세상에서 가장 큰 곰이었다. 당연한 얘기지만, 나는 여자가 기른다는 북극곰과 조우하게 되는 게 아닐까 두려웠다. 만일 여자가 부엌에 들어가 있는 동안 탱커가 나타난다면……, 가슴이 철렁 파도를 쳤다. 나는 여자가 잠시도 나의 곁을 떠나는 걸 원하지 않았다.

여자가 왼쪽으로 가 문을 열고 거실을 빠져나가 버리자 나는 가슴이 조마조마했다. 하긴 길만 잘 들여졌다면 곰이라고 해서 두려워할 건 없는 일이겠다. 길이 든다는 건 두려워할 필요가 없어진다는 얘기이니까. 그러나 원형의 집 전체가 자기 좋을 대로 움직이는 것 같았으므로, 탱커라는 여자의 곰 역시 그러기가 십상이었다. 원형의 집 안의 다른 모든 것들과 마찬가지로 탱커도 역시 여자의 손길이 가 닿지 않는 곳에서 제 마음대로 방치되어 있을 게 분명했다. 곰의 울부짖음 소리를 듣고 여자의 살색이 저녁노을처럼 붉게 변색되어 가는 걸 보면 짐작할 수 있는 일이었다. 마음대로 방치되어 야생화된 곰이라면 여자도 돌보아지지 않은 정원이나 집안의 다른 물건들처럼 무심할 수만은 없을 것이었다. 나는 참을 수가 없어 담배를 한 대 꺼내어 물었다. 그리고는 라이터의 불을 켰다. 그때였다. '어흥' 하는 짐승의 울부짖음 소리가 또 한차례 원형의 집을 들었다 놓았다. 라이터의 불이 저절로 꺼졌고, 나는 막 불을 붙이려던 담배를 입에서 떨어뜨리고 말았다.

　여자가 사라진 거실에 홀로 남겨진 나는 굶주린 곰과 조우하게 될지도 모른다는 불길한 상상 때문에 몹시 가슴을 졸여야 했다. 나는 곰과의 불길한 조우에 대해 끊임없이 상상했고 그 상상으로부터 벗어날 수가 없었다. 벗어나려 하면 더욱 깊숙이 그 상상 속에 붙들리고 마는 것이었다. 나는 끊임없이 불어닥치는 그 상상 때문에 몇 번이나 여자가 사라진 원형의 집 왼쪽 끝방으로 여자를 따라 들어갈 마음을 먹기도 했다. 그러나 우려하던 곰과의 만남은 일어나지 않았다. 다행한 일이었다. 꽤 많은 시간이 흘러 거실에 먼저 모습을 드러낸 것은 곰이 아닌 여자였다.

여자는 찻잔이 든 엷은 보라빛 플라스틱 쟁반을 들고 나타났다. 여자의 어깨 너머로 어느새 짧은 겨울해가 지고 있었다. 원형의 집 창문 위로 붉게 변한 겨울하늘의 저녁노을이 보였다.

여자가 탁자 위에 들고 온 엷은 보라빛 쟁반을 내려놓고 소파에 앉았다. 여자가 소파에 앉자 삐걱이는 용수철 소리가 나며 하얗게 먼지가 일렁였다. 자리에서 일어난 먼지가 한동안 나와 여자의 커피잔 위를 아다지오로 떠다니다 가라앉았다.

여자가 너무 늦게 나타났기 때문에 여자가 늦은 까닭에 대해 약간이나마 해명해 주기를 바랐다. 커피 두 잔을 타 갖고 오는데 삼십 분이란 너무 긴 시간이었다. 여자는 커피를 타 오는 단순한 행위를 위해 삼십 분을 자리를 비웠고 나는 삼십 분 동안이나 마음을 졸이며 여자를 기다려야 했다. 여자는 오래 나를 기다리게 한 그녀의 행동에 대해 이렇다저렇다 설명이 없었다. 내가 얼마나 조마조마해 하며 마음을 졸였는가 하는 것에 대해 전혀 관심이나 흥미를 보이지 않았다. 여자에게 늦은 이유에 대해 묻지 않을 수 없었다.

"무슨 일이 있었습니까?"

"왜요."

"당신이 사라지고 나서, 당신이 사라진 쪽에서……, 그래요. 분명히 당신이 사라진 쪽에서였습니다. 그 곰의 울부짖음 소리

악첼레란도 63

가 또 한차례 들려왔었거든요."

"탱커 말이군요."

"그래요, 탱커. 탱커의 울부짖음 소리가 들려왔었습니다. 그래서 나는 당신한테 무슨 일이 일어나지는 않았나 걱정했었지요. 너무 오래 나타나지 않아서 더욱 그랬습니다."

여자가 고개를 흔들었다. 아무 일도 일어나지 않았다는 강한 부정의 표시 같았다.

"탱커한테 먹이를 주었어요. 탱커가 소리를 지른 건 배가 고파서 그런 거예요. 나는 커피도 타고 탱커한테 식사도 줄 겸 해서 부엌으로 들어간 거예요. 탱커는 부엌 옆방에 살거든요."

"항상 거기서만 있습니까?"

"그럼요."

"돌아다니지는 않나요. 가령 우리를 나와 정원을 어슬렁거린다거나 하는……."

"아니 그렇지 않아요. 나는 탱커를 가둬 놓고 있는 걸요. 사람을 해칠 거라고는 생각지 않아요. 하지만 어떻게 될지 모르기 때문에 그렇게 해놓고 있어요. 어쨌든 곰이란 아무리 양순해도 곰이잖아요."

나는 그럼 정원과 현관과 거실 안에까지 선명하게 나 있는 저 네발 짐승의 발자국은 무어냐고 묻고 싶었다. 저것이 곰의 발자국이 아니라면 여자가 키운다는 탱커라는 곰 이외에 다른 짐승이 이 집 안에 또 있단 말인가. 그러나 나는 여자에게 따져 묻지 않았다. 여자가 거짓말을 하고 있는지는 모르지만, 여자가 거짓말을 하고 있다고 믿고 싶지는 않았다. 덩치 큰 곰이 마음대로 집안을 헤집고 다닌다고 생각하면 등골이 오싹했으므로 그렇지 않다는 여자의 말을 그대로 믿기로 했던 것이다.

여자의 낯빛이 원래의 흰빛으로 돌아가 있었다. 그 모습이 나를 안심시켰다. 여자의 말보다도 여자의 하얀, 창백한 얼굴이 더 많은 것을 설득하고 있었다. 여자의 말이 거짓이든 진실이든 그건 아무래도 좋다고 여겨졌다. 여자의 하얀 낯빛이 모든 게 정상으로 돌아왔다고 말해 주고 있었기 때문이었다.

나는 거실 여기저기에 찍힌 네발 짐승의 발자국을 보고 있었다. 내가 앉아 있는 바로 앞으로도 그 발자국이 찍혀 있었다. 그것은 그다지 오래된 발자국이 아니었다. 불과 몇 시간 전, 아무리 길게 잡아도 하루를 넘지 않았을 것 같은 발자국이었다. 나는 그 선명하게 찍힌 네발 짐승의 발자국을 바라보면서 탱커라는 곰을 우리에 가두어 놓았다는 여자의 말을 믿고 있었다. 이상한 일이시만 그렇게 믿는 데 나는 아무 어려움이 없었다.

저녁 어스름이 깔리고 있었고 나는 커피를 마셨다. 나는 더는 불안에 떨지 않았고 곰에 대하여 생각하지 않았다. 커피는 맛이 있었다. 그리고 내가 처음 맡아 보는 은은한 음악 같은 향내가 났다. 기분이 좋아졌다.

"커피 맛이 참 좋군요. 부드러운 향내도 나고요."

휘모리

한의 무리가 웅녀를 비웃은 바가 있었지만 웅녀는 위대한 섭정자였다. 웅녀는 환웅의 뜻을 잘 알고 있어 환웅이 일찍이 지상계에 펼치고자 했던 홍익의 정치를 펼쳤다. '널리 백성들로 하여금 지상계의 아름다움을 알게 한다' 는 것이었는데, 웅녀는 그녀의 정치를 그 뜻에 따랐다. 환웅 나라의 백성들은 환웅이 천상계로 올라간 뒤에도 환웅이 있을 때나 하등의 다름이 없었는데, 웅녀의 다스림 덕분이었다.

웅녀는 섭정이 되고 나서 몇 가지 제도들을 정비했는데, 환웅이 하늘로 올라간 마당에 필요한 제도들이었다. 웅녀는 일 년에 두 번 신단수 그늘 아래에서 제사를 지냈는데, 오월 단오와 시월 상달에 지냈다. 신단수는 환웅이 천상계에서 지상계로 내려올 때 또 지상계에서 천상계로 올라갈 때 타고 내려오고 타고 올라간 나무이므로 신령하기 그지 없는 나무였고, 천상계로 통하는 유일한 통로였으므로 그 아래에 제단을 만들고 제사를 지냄은 당연한 일이었다. 그 제사를 통해 웅녀는 그녀의 섭정이 환웅의 뜻에 합하는가를 묻고 합하기를 기원했고, 하늘의 응답에 따라 그녀의 섭정의 방법을 그대로 고수하거나 고쳐 나가거나 했다. 일 년에 두 번 신단수 아래에서 지내는 제 덕분에 웅녀의 섭정은 환웅의 뜻에서 벗어나가지 않고 늘 그 뜻에 부합하게 되었고, 환웅 나라의 백성들은 아름다움을 아름다움으로 알 수가 있었던 것이었다. 웅녀의 이 제사가, 하늘의 뜻을 묻는 이 제사가 후대에까지 이어져 내렸다. 신·정이 분리되면서 이 제사를 집전하는 제사장을 특히 왕과 분리하여 마고할미라 부르게 되었는데 산해경에 나오는 서왕모가 바로 이 마고할미이며, 오늘날 부도교에서 받드는 마고가 바로 이이이다. 그러니까 웅녀는 제일대 마고할미가 되는 것이다.

그리고 웅녀는 천부인 삼인의 규모를 확인했다. 천부인은 환웅이 지상계로 내려올 때 그의 아버지 환인으로부터 받아가지고 내려온 것으로 지상계를 다스리는 데 사용하는 세 개의 방편이었다. 거울과 피리와 칼이 그것인데, 환웅은 일찍이 지상계에 있는 동안 거울을 가지고 지상계의 백성들을 다스려 나갔었다. 지상에 있었을 때 환웅은 웅녀에게 이르기를, 백성을 다스리는 제일의 방편은 거울이고 제이의 방편은 피리이며, 그 말류가 칼이라 하였다. 환웅은 결코 말류의 방편인 칼을 사용한 적이 없고 제이류의 방편인 피리조차도 사용한 적이 없었다. 환웅은 오로지 거울만을 사용하였는데, 그만큼 환웅의 다스림의 도가 드높았다는 것이었다.

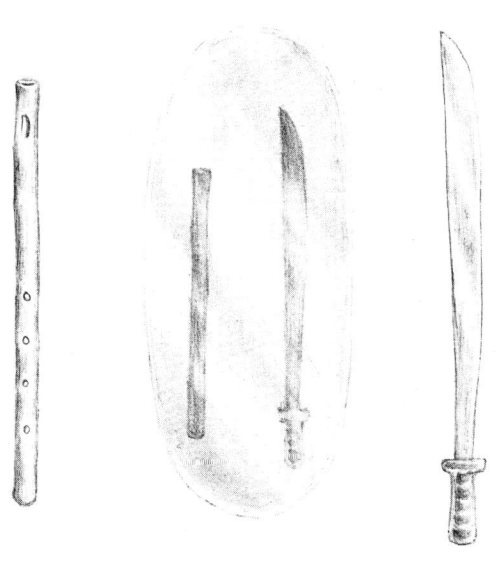

다스림에 거울을 방편으로 삼는다는 것은 백성의 마음을 거울에 비춰 백성들 스스로가 그 마음의 때와 부스럼을 밝히 보고 부끄러이 여겨, 마음을 밝고 오롯하게 만든다는 것이었다. 거울을 다스림의 방편으로 삼으려면 그러므로 다스림을 펼치는 자의 마음이 거울처럼 맑지 않으면 불가능한 일이었다. 그래야 백성들의 모든 안개 낀 마음을 밝히 비추고 감화력을 전달할 수가 있었다. 다스림에 거울을 방편으로 삼는 자의 마음이 밝거나 맑지 못하면 거울이 백성들의 마음을 아무리 온전하게 비춘다 하더라도, 단지 비추일 뿐, 그 마음을 밝고 오롯하게 바꾸어 놓을 수는 없었다. 백성들은 그저 무심하게 거울을 들여다보는 것으로 그만일 테고, 다스림은 일어나지 않을 것이었다.

환웅의 다스림의 높이는 아무나 따를 수 있는 것이 아니었다. 오로지 환웅만이 가능한 일이었다. 웅녀는 모든 면에서 환웅의 다스림을 따랐다, 따르려 하였다. 웅녀는 환웅이 그러했던 것처럼 다스림에 거울을 사용하려고 최선을 다하면서, 그러나 거울을 사용하는 것만으로는 능력에 한계를 느꼈기 때문에, 다스림에 제이류의 방편인 피리를 사용했다. 그러나 웅녀는 다스림에 제이류의 방편인 피리를 주로 사용하고 있었으면서도, 뜻은 환웅이 다스림의 방편으로 사용한 제일류의 거울을 사용하는 데에 두고 있어 그 마음을 갈고닦고 도야하기를 끊임없이, 멈추지 않

았다. 웅녀의 다스림의 말년에 그녀는 결국 그녀의 뜻에 도달했다. 다스림의 방편으로 거울을 사용하게 되었던 것이었다. 후대의 왕들이 너무도 쉽사리, 자신의 마음을 도야하기를 포기하고 거울에서 피리로 피리에서 칼로 다스림의 방편을 옮겨갔던 것과는 실로 대조적인 모습으로 웅녀는 위대한 군주 가운데 한 명이라고 기탄 없이 정의 내릴 수 있을 것이었다.

　다스림에 피리를 사용한다는 것은 피리의 그 청아한 소리로써 백성들의 심금을 감동시키고, 그럼으로써 그 마음을 맑고 밝게 한다는 것이었다. 피리 소리는 너무 맑고 청아해 그 소리를 듣는 백성 중에 분노한 자들은 그 분이 봄눈 녹듯 풀리고, 걱정하는 자는 그 걱정이 사라지고, 아픈 자는 그 병이 낫고, 슬픈 자는 그 슬픔이 가벼워지고, 기뻐하는 자는 그 기쁨이 몇 배로 커지고 하는 것이었다. 웅녀의 피리는 그 맑고 청아한 소리로 백성들의 마음을 평온하고 오롯한 원래의 마음자리로 돌아오게 하는 것인데, 피리 소리를 듣는 자는 누구든 돌아오지 않을 수가 없는 것이었다. 거울이 백성들로 하여금 직접 자신들의 눈으로 자신들의 마음을 보게 하여 원래의 마음자리로 돌아오게 하는 것이라면, 피리는 우회적으로 소리라는 청각성을 수단으로 하여 돌아오게 하는 것이었다. 그러므로 다스림의 방편에 있어 피리가 거울보다는 아랫길의 방편이 되는 것이었다. 왜냐하면 소리라는 매개를 사용하기 때문에 매개 없이 직접 백성의 마음을 파고들어가는 거울보다, 원래의 마음자리로 돌아오게 하는 데 좀 더 시간과 노력이 가미되기 때문이었다. 거울을 다스림의 방편으로 사용하는 자가 그 마음이 거울처럼 청정하고 투명하지 않으면 거울이라는 방편이 쓸모없는 것과 마찬가지로 피리를 다스림의 방편으로 사용하는 자 역시 그 마음이 피리처럼 맑고 청아하지 않으면 다스림에 피리를 사용할 수 없었다. 사용한다 하더라도 오히려 역작용만을 일으킬 뿐이지 소용이 없었다. 웅녀가 다스림에 피리를 사용하였다는 것은 그녀의 심상이 피리처럼 맑고 청아하다는 증거였다.

  웅녀는, 칼은 숨겼다, 미노타우로스의 미로보다 더 복잡한 미로를 만들고 그 미로의 끝에. 웅녀는 환웅의 나라를 다스리는 그 누구도 다스림의 방편으로 칼을 사용하는 일이 없기를 바랐다. 웅녀는 일찍이, 환웅과 살았던 삼칠일 동안의 기간 동안 환웅에게서 들었었다. 다스림의 방편으로 칼을 사용함은 말류의 다스림이고, 이는 필연적으로 피에 피를 불러오고, 다스림을 빙자한 도륙에 지나지 않는다고. 웅녀는 아름다운 환웅의 나라에 그와 같은 칼로 다스려지는 도륙의 시대가 도래하는 걸 원치 않았다. 웅녀는 그런 시대의 도래를 경계했고, 그래서 칼을 미로 속 깊숙이 숨겼다. 웅녀의 칼을 숨긴 뜻은 아름답고 고귀한 바가 있는 것이었다.

 그러나 웅녀는 미처 주의하지 못한 점이 한 가지가 있었는데, 그녀가 다스림에 거울을 사용하지 못하듯이 다스림에 피리를 사용할 수 없는 말덕未德의, 옹졸한 왕들의 시대가 도래할 수도 있다는 사실이었다. 실제로 그러한 시대는 도래했고, 다스림의 방편을 갖지 못한 옹졸한 왕들의 치세란 가히, 난장판이었다. 웅녀가 미노타우로스의 미로보다 더 복잡한 미로 속에 숨겨놓았던 칼을 찾아 나서는 영웅들의 영웅담이 흘러나오기 시작하는 게 이에서 비롯되어지는 것이었다. 여기서는, 다스림의 방편을 얻기 위해 천부인 삼인 가운데 하나인 칼을 찾아 나섰던 영웅들의 얘기에 대해서는 하지 않기로 하자. 그 영웅들이 어떻게 되었는지, 웅녀가 만들어 놓은 미로를 뚫고 삼인 가운데의 하나인 칼을 찾아내었는지 결국 찾는 데 실패하였는지, 그에 대한 얘기는 나중으로 미루기로 하자. 지금은 우리의 주인공인 웅녀의 얘기가 시급하므로. 다만, 아무리 웅녀의 얘기가 시급하다 하더라도 다음 한 가지 점만은 지적하고 넘어가도 좋으리라. 웅녀가 숨겨 놓은 칼을 미로의 중심에서 찾아내는 자, 하늘이 점지한 세상의 마땅한 주인일지니. 영국의 아아더가 그 칼을 찾아내었다고 한 때 그런 소문이 퍼졌었다. 엑스칼리버라는 칼이었는데, 아아더는 그 칼을 얻어 왕이 되었고 영국을 세웠다. 엑스칼리버가 진짜 웅녀가 감춘 그 칼인지는 알 수 없다. 엑스칼리버 역시 한 번 세상에 출현했다가 아아더의 죽음과 함께 다시, 바닷속 깊이 잠겨 찾아낼 수 없는 영원의 깊이 속에 갇힌 거니까.

한의 무리 가운데 요라는 인물이 있었다. 한의 무리가 천상계에서 내려온 환웅의 소문을 듣고 그들의 근거지인 남방에서 동북방을 향해 이동해 올 때 요족은, 한의 무리 가운데 한미한 부족 중의 하나였다. 그때 요는, 한의 무리가 남방의 옥토를 등지고 환웅의 나라의 백성이 되기 위하여 동북방으로 나아간다는 결정에 반대를 한 유일한 부족장이었다. 한의 무리는 모두 여덟 부족으로 구성되어 있었는데 그 여덟 부족의 이름을 열거하면, 화족華族, 신농족神農族, 염제족廉帝族, 황제족黃帝族, 하족夏族, 은족殷族, 주족周族, 요족堯族이 그것이었다. 요는 바로 그 요족의 족장이었는데, 여덟 부족 가운데 가장 세가 약한 부족이었다. 요의 반대가 거세었음에도 불구하고 한의 무리가 이동을 시작했던 것은 다른 일곱 부족이 이동을 찬성하고 요족의 세력이 가장 미약했기 때문이었다.

요는 한의 무리가 그의 주장을 무시하고 환웅의 나라가 있는 동북방으로 이동을 감행한 것이 늘 불만이었었다. 그때처럼 요족의 세력이 약하다는 사실을 뼈저리게 절감한 적도 없었고, 그 때문에 불만을 넘어 크게 화가 나기도 했고, 분을 삭인 지 오래였다. 환웅이 다시 천상계로 돌아가고 한의 무리의 이동이 무의미했던 것으로 드러나자 비로소 요의 면목이 섰다. 일찍이 이동을 반대했던 요의 주장이 재평가받기 시작했고, 그의 선견지명을 높이 사는 무리들이 한의 무리 가운데서 나날이 증가했고, 잘못된 결정을 내려 그들을 고난스런 이동의 길로 내몰았던 일곱 부족의 부족장들의 그늘을 떠나 요의 그늘로 들어오는 무리들이 많아졌다. 한의 무리의 여덟 부족 가운데 가장 미천한 부족이었던 요족이, 그 바람에 가장 세력이 강성한 부족으로 급부상했다. 늘 자신의 분을 풀 기회를 호시탐탐 노리고 있던 요는 지금 그 기회가 왔다고 생각했고, 실상 그것은 좋은 기회였는데, 요는 그 기회를 놓치지 않았다. 요는 다른 일곱 부족의 족장들을 황하수 하류의 열양으로 유인하여 연회를 베풀고, 밤을 틈타 연회에서 미약이 든 술을 먹고 곯아떨어진 일곱 부족장들의 목을 쳤다. 그리고 요는 일곱 부족을 다스리는 부족장으로 스스로를 일으켜 세웠는데, 사실상 한의 무리의 왕이 된 것이었다.

다음은 그 일화다.

"어찌하여 우리에게 미약을 먹이고 우리를 죽이려 하는가."

화족장이었다.

"그대들이 나의 말을 듣지 않았기 때문이고, 우리 한의 무리를 어려운 지경에 내몬 까닭이다."

"우리가 그대의 말을 듣지 않고 우리 한의 무리를 어려운 지경 가운데 내몬 것은 잘못이나, 그대가 우리를 죽임은 가당한가?"

신농족장이었다.

"합당하다. 그대들이 있는 한 우리 한의 무리는 결코 이 어려운 지경에서 빠져나올 수가 없겠기 때문이다. 그대들은 한의 미래를 위해서 목숨을 내놓아야 한다."

"우리 일곱 부족장은 우리의 잘못을 인정한다. 그 잘못에 대한 대가로 우리 일곱 부족장의 목숨이 필요하다면 바치겠다. 허나, 한 가지 단서가 있다. 그대도 우리와 함께 가야 한다는 것이다. 그대 역시 우리 한의 무리를 어려운 지경에 빠뜨린 책임으로부터 자유로울 수는 없다."

염제족장이었다.

"골 빈 소리 말아라. 난 그대들의 뜻에 놀아나지 않았었다. 나마저 죽는다면 이 도탄에 빠진 한의 무리를 누가 책임진단 말인가. 내가 알아서 그 막중한 책임을 짊어질 터이니 그대들은 목숨을 아깝게 여기지 말고 달게 나의 칼을 받으라."

"다른 길은 없는가."

황제족장이었다.

"없다."

"오, 이 무슨 가당찮은 운명의 장난이란 말인가. 우리 일곱 부족장이 하찮은 요의 손에 열양에서 목숨을 잃다니……."

하족장이었다.

"요, 그대는 반드시 우리의 피의 대가를 치르게 될 것이다."

은족장이었다.

"치고자 하면 빨리 쳐라. 너의 가당찮은 모습과 말을 듣고 있느니 어서 빨리 눈을 감는 것이 낫겠다."

주족장이었다.

한의 무리의 여덟 부족의 공동의 부족장이 된 요는, 그가 일관되게 주장해 왔던 대로, 그들의 원래의 근거지가 있던 서남방의 옥토로 되돌아갈 작정이었다. 그러나 그 결심을 실행에 옮기기 하루 전날 요는 꿈을 꾸게 되었다. 그 꿈에서 요는 폭포수 아래 푸른 못에서 목욕재계를 하고 있는 웅녀를 보았고, 그 절색에 반하고 몽정을 하고 말았다. 꿈에서 깨어났을 때 요는 한의 무리를 이끌고 그들의 땅 서남방의 옥토로 갈 생각을 접었다. 새로운 야심이 요의 가슴을 흥분시켰다. 웅녀가 다스리는 환웅의 나라를 빼앗고 그와 동시에 웅녀를 그의 여자로 만든다는 것이었다. 감히 환웅의 나라를 정복할 생각을 세상의 그 어떤 무리도 해 본 적이 없는 거지만, 환웅의 나라의 근본은 천계에 있었고 환웅의 나라를 친다는 건 그러므로 천계를 적으로 만든다는

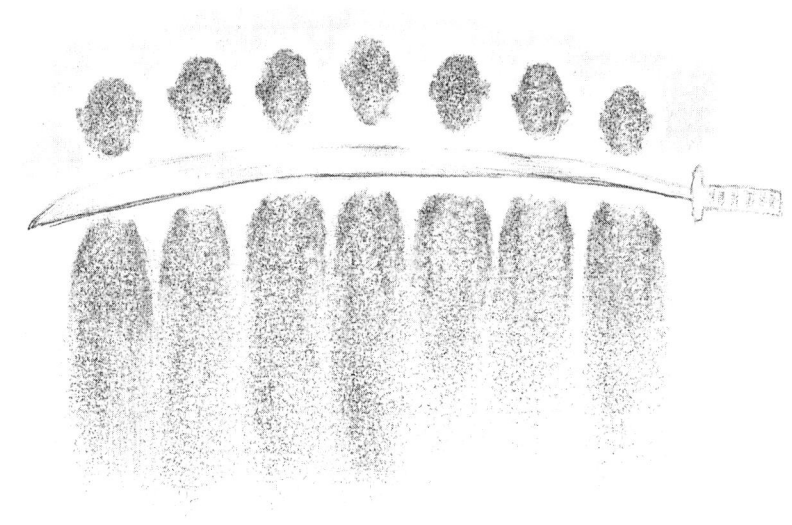

의미와 같은 일이었으므로 그 누구도 그런 망상을 감히 하지 못하는 것이었는데, 요는 감히 그와 같은 야심을 품었던 것이었다. 요는 그의 주장을 무시했다고 해서 그의 무리의 다른 부족장들의 목을 친 데에서 드러나는 것처럼 성미가 포악하고 불안정하며 안하무인으로, 한마디로 하늘을 두려워할 줄 모르는 인물이었다. 더구나 한번 욕정이 발동하면 그 욕정을 채우지 않고는 견디지 못하는 성미인지라, 꿈속에서 웅녀를 보고 웅녀에게 반한 이상 웅녀가 어떤 인물인지와는 상관없이 그녀를 차지하려 들지 않고는 못 베기는 것이었다. 말하자면, 천계를 적으로 삼는 일이 요에게는 아무렇지도 않은 일이라는 것이었다.

  웅녀의 꿈을 꾸고 난 한 달 후 요는 그의 무리를 이끌고 웅녀가 다스리는 환웅의 나라를 쳐들어갔다. 요의 환웅의 나라의 제일차 침공이었다. 싸움을 일삼는 한의 무리의 침공은 평화를 사랑하며 예도를 숭상하는 환웅의 나라 백성들에게는 큰 충격이었다. 악의를 지닌 어느 민족이 다른 민족을 침공할 수 있다는 사실을 꿈에서도 상상해 본 적이 없는 환웅의 나라 백성들은 그 상황을 이해하기 어려웠고, 우왕좌왕하지 않을 수가 없었다. 이 상황을 어떻게 타개해야 할지 모르는 환웅의 나라 백성들은 모두, 웅녀를 향했다. 웅녀는, 침착했다. 웅녀는 한때 곰의 무리였고, 곰의 무리였을 때 웅녀는 싸움과 싸움을 통해 생존을 영위하며 성장해 왔다. 싸움은 다른 환웅의 나라 백성들과는 달리 웅녀에게는 익숙한 것이었고 결코 놀랄 일이 아니었다. 웅녀는 환웅의 나라 모든 백성들을 신단수가 있고 그 옆에 일찍이 환웅이 기거했던 궁궐이 서 있는 신시 안으로 들어오도록 했다. 환웅의 나라 모든 백성들, 인간족과 지상의 모든 동물들과 하늘을 나는 조류와 하다못해 곤충류까지 웅녀의 신시 안으로 모여들었다. 그렇게 환웅의 나라 모든 백성들이 신성한 신시 안으로 모여드는 데 꼬박 사흘이 걸렸다.

  요는 싸움다운 싸움 한번 안 하고 환웅의 나라 영토를 정복해 들어가고 있었다. 그도 그럴 것이 이르는 곳마다 텅 빈, 공동이었기 때문이었다. 인간의 무리는 물론이고 강아지 새끼, 개미 새끼 한 마리 보이지 않았고, 심지어는 물속의 물고기들까지도 눈에 띄질 않았다. 요는 그와 같은 사정에 놀라지도 않았고, 의아하게 여기지도 않았다. 자신의 포악성을 자신이 잘 아는 요는 환웅의 나라 백성들이 환웅의 나라 온 산하에서 싹 소개疏開된 것이 이상할 리가 없었던 것이었다. 요는 사라진 환웅의 나라 백성들이 어디에 가 있는지 그 소문을 듣고 있었다. 웅녀의 부름을 받고 환웅의 나라 핵심인 신시에 들어가 있다는 것이었다. 요는 그의 무리를 이끌고 밤낮을 가리지 않고 웅녀의 신시를 향해 나아가고 또 나아갔다. 마침내 요는 신시가 올려다보이는 태백산 아사달 밖 일킬로미터 안까지 접근해 왔는데, 환웅의 나라 영토에 발을 들여놓은 지 열흘 만이었다.

 웅녀의 신시가 올려다보이는 태백산 아사달 밖 일 킬로미터 지점에 당도한 요는 그곳에 진을 치고, 다음날을 기약했다. 다음날 동이 트기가 무섭게 요는 그의 무리들을 이끌고 웅녀의 신시를 향해 쳐들어갔다. 웅녀의 신시를 향해 쳐들어가는 요가 이끄는 한의 무리의 기세는 누가 보아도 등등한 바가 있었다. 한의 무리는 환웅의 나라 백성들이 신시에 모여 있는 것은 그들을 무서워해 피한 것이라는 생각을 지니고 있었고, 요가 그와 같은 생각을 부추겼기 때문이기도 한데, 전혀 사실과 어긋난 판단만은 아니었다. 실제로 환웅의 나라 백성들은 한의 무리의 침략을 어찌해야 할지 모르고 있었고, 두려워하고 있었던 것이었다. 게다가 한의 무리는 칼과 창 등의 무기로 철두철미 무장되어 있었던 반면 환웅의 나라에서는 그와 같은 무기가 애초부터 생산된 적이 없었기에 환웅의 나라 백성들은 무장을 하고 있을 턱이 없던 것이었다.

 요가 이끄는 한의 무리가 거의 다 접근해 와 웅녀의 신시를 일백여 미터쯤 앞에 남겨놓았을 때였다. 갑자기 청아하고도 맑은 피리 소리가 울려 퍼지기 시작했다. 살벌한 전장에서 청아하고도 맑은 피리 소리라니, 어울리지 않는 일이었다. 그 어울리지

앓는 피리 소리는 신시 안에서 울려나오는 소리였다. 요를 포함한 한의 무리는 그 피리 소리를 비웃었다. 이 싸움에서 패할 게 확실한 환웅의 나라 백성들과 웅녀가 두려움에 가슴을 졸이다 급기야 제정신을 잃고 만 거라고 생각되었다. 실제로 그 청아한 맑은 피리 소리를 듣고 요가 이끄는 한의 무리 가운데 어떤 사람들이 비웃음의 너털웃음을 웃기까지 했다. 그 비웃음의 너털웃음소리가 그 청아하고도 맑은 피리 소리와 섞여 묘한 화음을 이루었다. 그러나 비웃음은 곧 가라앉고 더는 들려오지 않았다. 웃음소리뿐만이 아니라 한의 무리 가운데서 들려오던 모든 자질구레한 소리들마저 뚝, 소리를 멈추었다. 웅녀의 신시에서 들려오는 피리 소리를 제외하고는 모든 소리가 소리내기를 멈추었는데, 말발굽 소리와 발자국 소리마저 들리지 않았다. 한의 무리가 신시를 향해 달려가던 그 우람한 말발굽 소리와 발자국 소리마저 들리지 않는다는 것은, 그들이 발걸음을 멈추었다는 사실을 방증하는 것이었다.

그들 자신도 모르게 발걸음을 멈추게 된 것이었다. 그들이 발걸음을 멈추었다는 사실을 의식하게 되었을 때, 한의 무리는 비로소 피리 소리가 에샛소리가 아님을 깨달았다. 웅녀의 신시 안에서 들려오는 그 청아하고 맑은 피리 소리를, 두려워하게 되었다.

사실상 웅녀의 신시 안에서 들려오고 있는 피리 소리는 예사로운 소리가 아니었다. 그것은 환웅이 천상계에서 지상계로 내려올 때 가지고 온 천부인 삼인 가운데 하나였다. 그것은 다스림의 방편으로 삼는 천부인 삼인 가운데 두 번째 방편이 되는 것으로, 그 소리를 듣는 자 누구든 그 소리에 복종하지 않고는 못 베기게 만드는 신묘한 피리였다. 물론 단서조항이 없지는 않았다. 그 피리를 부는 자가 그 피리를 불 만한 자격이 있어야 한다는 것이었다. 여기서 말하는 자격이란 눈에 보이는 가시적인 것과는 상관이 없는 눈에 보이지 않는, 마음의 오롯함과 관련이 있는 것이었다. 지금 피리를 부는 자는 환웅의 나라 백성을 다스리는 웅녀였고, 웅녀는 그 자격이 넘치고도 남는 인물이었으므로, 피리 소리를 듣는 자는 그 누구든, 인간이든 날짐승이든 조류든, 자연계에 존재하는 그 모든 것이 피리 소리가 요구하는 영슈에 복종하지 않을 수 없었다. 지금 웅녀는 그 피리 소리를 통해 요와 요가 이끄는 한의 무리에게 헛된 침략과 야욕을 떨쳐 버리고 오롯한 마음을 되찾아 그들의 땅으로 되돌아가라는 영을 내리고 있었다. 한의 무리가 그들 자신들도 모르게 발걸음을 멈추고 고요해진 것은 바로 피리 소리의 그 영이 그들 가슴속에 사무친 탓이었다.

피리 소리는 그 청아하고 맑은 소리를 통해서 얘기하고 있었다. 특별히 한의 무리에게만 얘기하고 있는 것이 아니라 인간세상의 모든 인간, 자연계의 모든 생물과 정령들, 일체의 것들을 향해 얘기하고 있었다.

"다투는 마음을 버려라, 야욕을 가라앉혀라, 너의 근심을 떨쳐 버려라, 마음을 오롯이 하여 원래의 자리로 돌아가라."

한의 무리 가운데에서 우는 사람들이 생겨났다. 처음에는 몇 사람 안 되던 것이 급속한 속도로 퍼져, 여기저기서 우는 사람들이 속출했다. 요는 그의 무리 가운데에서 우는 사람들이 속속 생겨나는 것을 보고 사태의 심각성을 깨우쳤다. 요는 어떤 조치를 취하지 않으면 안 된다는 걸 간파했다. 그러나 어떤 조치를 취하여야 할지 알 수 없었다. 조치를 취하는 건 고사하고 그의 마음조차도 걷잡을 수 없이 흔들리고 있었다.

그의 가슴속에서 어느새 이 전쟁이 헛되고 헛되다는 감정이 솟아오르고 있었다. 웅녀를 향한 그의 욕정이 얼마나 보잘것없고 하찮은 것인가 하는 감정도 솟아오르고 있었다. 이 지상계에 가득한 아름다움과 경이로움, 자연계와 정령계에 충만한 생기에 비하면 말이다. 요는 그의 무리를 이끌고 웅녀를 정복하러 온 자신이 부끄럽게 느껴졌고, 발걸음을 돌리고 싶어졌다, 그가 온 곳으로 돌아가고 싶어졌다. 돌아가 이 지상계의 아름다움을 깨닫고 만끽하면서 자연계와 정령계의 그 충만한 생기를 한껏 호흡하면서 그의 부족들과 함께 평화롭고도 행복하게 살고 싶었다. 그리고 요는 후회스러웠다. 그의 주장을 무시한, 그래서 미워하게 된 다른 일곱 부족의 부족장들의 목을 친 일이 더할 나위 없이 후회스럽게 느껴져 오는 것이었다. 일곱 부족의 부족장들의 목을 친 일이 후회스러움으로 다가들어 오면서 요의 눈에서 눈물이 흘러내리기 시작했다. 한 방울 두 방울 어느덧 한의 무리의 모두가, 눈물을 흘리고 있었다. 누군가의 입에서 눈물을 머금었으나 우렁차기 짝이 없는 목소리가 흘러나와 한의 무리 가운데에 울려 퍼졌다.

"우리 돌아갑시다. 이건 우리의 전쟁이 아니오. 그 누구도 우리에게 이런 전쟁을 강요할 수는 없소."

그 우렁찬 목소리에 뒤이어 여기저기서 눈물을 머금은 함성소리가 터져나왔다.

"그럽시다, 돌아갑시다. 우리의 고향으로 돌아가 우리 고향의 아름다움을 깨우칩시다."

그 함성소리를 뚫고 요의 목소리가 흘러나와 한의 무리 가운데로 울려 퍼졌다.

"나 한의 최고권자 요는 그대들의 의견에 따를 것이요. 그대들이 웅녀의 신시를 정복해야 한다면 나 요는 그렇게 할 것이고, 그대들이 고향으로 돌아가기를 원한다면 나 요는 또한 그렇게 할 것이요."

한의 무리 가운데에서 폭풍우보다 더 크고 우렁찬 함성소리가 터져나왔다. 요는 그의 무리의 바람을 존중해, 그 역시도 고향으로 돌아가고자 하는 마음이 불길 같았기 때문에, 무리를 이끌고 발걸음을 돌렸다. 요는 웅녀의 신시가 아닌, 그와는 반대 방향을 향해 나아가기 시작했다. 웅녀의 신시에서 흘러나오는 피리 소리가 요와 그가 이끄는 한의 무리의 행보에 보조를 맞추며 멀어져 가고 있었다.

요의 환웅의 나라 일차 침공은 그렇게 끝이 났다. 그 전쟁을 기록한 후대의 사가들은 이와 같이 기록했다. '요가 웅녀의 피리 소리에 놀라 꽁무니를 빼고 도망가다.' 그 기록을 접하는 후대의 사가들보다 더 후대의 사가들과 독자들은 피리 소리라는 말 때문에 고민했다. 그들은 천부인 삼인 가운데의 하나인 신성한 피리에 대하여 알지 못하였고, 그래서 피리 소리는 하나의 상징이라고 결론을 내렸다. 역사를 기술하는 데에 있어 상징을 사용하는 것은 위험스러운 일이었다. 상징은 허구에서나 유용한 것이었다. 역사를 자칫 허구에 빠뜨릴 위험이 있었다. 그래서 그 기록을 믿는 쪽과 허구라고 치부하며 믿지 않는 쪽으로 의견이 엇갈렸다. 오늘날 한의 무리의 후세가 환웅의 나라 후세들보다 세력이 강성한 나머지 그 기록을 믿지 않는 쪽의 수가 믿는 쪽의 수보다 훨씬 우세했다. 말하자면, 공식적인 역사로서 그 기록은 인정받지 못하고 재야 사가들에 의해서만 과거의 진실한 역사로, 허구가 아닌 사실로 받아들여지고 있다는 것이었다.

요가 이끄는 한의 무리가 환웅의 나라 영토를 벗어날 때까지 웅녀의 피리 소리가 그들의 행렬을 따랐다. 한의 무리는 열흘 낮밤을 쉬지 않고 행군을 했고, 열하루째가 되는 날 환웅의 나라 영토의 경계선을 벗어났다. 한의 무리가 환웅의 나라 영토를 벗어나는 순간, 피리 소리도 멈추었다. 그제서야 요가 이끄는 한의 무리는, 제정신을 되찾았다. 제정신을 차리고 본 그들의 행동은 자신들이 생각하기에도 어처구니가 없었다. 마치 꿈을, 그것도 엄청난 악몽을 꾸고 난 것만 같은 기분들이었다. 환웅의 나라를 쳐들어가서 싸움 한 번 안 하고 발길을 돌려 퇴각해 나왔다는 게 도무지 믿기지 않았고, 자신들이 도무지 무슨 짓을 저지른 건지 이해할 수가 없었다. 피리 소리를 듣고 한의 무리는 그들이 환웅의 나라 백성들을 침공한 것을 부끄럽게 여긴 거지만, 이젠 단지 피리 소리에 홀려 싸움을 마다하고 환웅의 나라 영토를 퇴각해 나온 것을 부끄럽게 여겼다. 그 부끄러움을 생각한다면 당장이라도 다시 환웅의 나라를 침공해 들어가는 게 마땅했다. 그러나 아무도 그렇게 대놓고 외쳐 대는 사람은 없었다. 한갓 피리 소리에 홀린 것을 부끄럽게 여기고 있었지만, 그 피리 소리의 위력이 대단하다는 사실을 한의 무리의 그 누구도 부인할 수 없었기 때문이었다.

  한의 무리 가운데에서 그 누구보다도 부끄러움에 사로잡힌 인물은 당연히 한의 무리의 지도자인 요였다. 환웅의 나라를 무너뜨리고 웅녀를 차지하겠다는 그의 야심을 부끄러이 여겼던 자신이, 한없이 부끄러웠다. 그리고 그의 무리에게 체면이 안 섰다. 그 부끄러움을 생각할 때 당장에라도 그의 무리의 발걸음을 되돌려 다시 환웅의 나라로 쳐들어가고 싶었다. 그러나 요는 참았다. 웅녀의 피리 소리의 위력에 대한 두려움이 요의 그와 같은 무모한 행동의 선택을 막았다. 요는 그가 웅녀를, 여자라고 해서 너무 과소평가했다는 반성을 하지 않을 수가 없었다. 환웅의 나라 백성들이 칼과 창으로 무장되어 있지 않았기 때문에 얕잡아보고 깔보았던 사실도 반성했다. 비록 칼과 창으로 무장되어 있지는 않지만 환웅의 나라에는 더욱 무서운 것, 무서운 무기가 있었다. 환웅의 나라 백성들은 바로 그것을 믿고 있었던 것이었다. 피리, 웅녀의 피리였다. 그 피리의 위력은 실로 막강한 것이었다. 요는 방금 전까지 그 피리의 막강한 위력을 실감한 바였다. 그 웅녀의 피리가 있는 한 섣불리 환웅의 나라를 침공해 들어갈 수는 없는 일이라는 사실을 인정하지 않을 수 없었다. 요는 명령을 내렸다. 그들의 영토로 돌아간다고. 웅녀와의 전쟁은 다음을 기약하기로 했다.
 요가 이끄는 한의 무리가 그들의 영토로 돌아가고 있을 때 신시에 모여 있던 환웅 나라의 백성들도 각자 그들의 집으로 돌아가고 있었다. 그들은 모두 웅녀와 웅녀의 피리와 웅녀가 부는 피리 솜씨의 훌륭함을 경외하고 칭찬하면서, 그렇게들 돌아가고 있었다. 한의 무리는 모르고 있었지만 환웅의 나라 백성들은 웅녀가 부는 피리가 천상계에서 온 신물임을 알고 있었다. 일찍이 환웅이 천상계에서 가지고 내려온 천부인 삼인 가운데의 하나였던 것이다. 그 피리 소리를 들으면 어떤 사악한 마음도 어떤 포악한 마음도 가라앉고 사라지며, 순화된다는 사실을 환웅의 나라 백성들은 알고 있었다. 요가 그의 무리를 이끌고 다시 그의 영토로 돌아간 게 바로 피리 소리를 듣고 포악한 그의 마음이 순화되어서 그리 된 거라는 사정을 환웅의 나라 백성들은 알고 있었다. 그리고 또 환웅의 나라 백성들은, 그 피리는 신물이어서 아무나 불 수 있는 게 아니고 피리가 요구하는 격과 위의를 지닌 사람만이 불 수 있는 물건이라는 것도 알고 있었다. 그러니까 이번 전쟁에서 드러난 것처럼 웅녀는 피리가 요구하는 위의와 격을 갖춘 인물이라는 것이었고, 그와 같은 위의와 격을 지닌 웅녀라는 인물을 지도자로 가진 것을 환웅의 나라 백성들은 흡족해했다. 환웅의 나라 백성들이 각자의 집으로 돌아가고 나서 풍백, 우사, 운사 삼인을 중심으로 해서 나라에 축제령이 포고되었다. 전쟁에서의 승리를 축하하는 축제였는데, 삼일 낮밤 동안 모든 노동을 중지하고 오로지 놀이와 가무로 지새는 것이었다. 웅녀는 이걸 전쟁으로 여기지 않았고 그래서 전쟁에서의 승리를 축하한다는 이와 같은 축제를 환영하지 않았으나 풍백, 우사, 운사의 의견을 존중하여 허가를 내렸다. 삼일 낮밤을 놀이와 가무로 지새우는 환웅의 나라 백성들의 모습이 환웅의 나라 동향을 정탐하러 온 한의 무리의 정탐꾼에게 포착되었고, 그 정탐꾼에 의하여 한의 무리 모두에게 그와 같은 사정이 알려지게 되었다. 한의 무리는 놀이와 가무로 일 년의 삼일 낮밤 동안이나 즐거운 환웅의 나라 백성들을 시기하고 질투하고, 그 시기와 질투심 때문에 그 사실이 그들의 역사 기록에 남았다. '동쪽의 환의 나라 백성들은 놀기를 좋아하고 시도때도없이 가무를 일삼으며 시간을 낭비한다' 라고.

  요의 환웅의 나라에 대한 제이차 침공은 일차 침공이 있은 뒤 꼭 이 년 뒤 철저한 준비 끝에 이루어졌다. 요는 이막耳膜이라고 하는 것을 준비했는데, 그것은 오늘날의 귀마개처럼 생긴 것으로 그것을 귀에 대면 일체의 소리가 들려오지 않게 되는 물건이었다. 한의 무리의 역사책인 '고기'에 보면 이 이막에 대하여 다음처럼 설명해 놓고 있다. '이 이막은 야만족인 환의 무리가 사악한 소리로 난동을 부릴 때 그 환의 무리의 난동으로부터 민족을 구할 방도를 고민하고 고민하던 요 임금이 꿈속에서 신인을 만나고 얻은 것으로, 모든 사악한 소리를 잠재우는 권능을 지닌 신묘한 물건이었다.'

요는 웅녀의 피리 소리의 위력의 무서움을 한번 경험하고 나서, 지난 이 년 동안에 걸쳐 그 피리 소리에 대항할 물건을 고안해 내려 밤낮을 가리지 않고 고민에 고민을 거듭했었다. 그 결과 만들어 낸 것이 이 이막이라는 오늘날의 귀마개 비슷한 것이었고, 그가 생각한 대로의 완벽한 이막이 완성되자 비로소 환웅의 나라를 다시 침공할 군사를 일으킬 엄두를 내게 되었던 것이었다. 그리고 요는 지난 이 년 동안 귀머거리 군대를 창설해 극비리에 지옥훈련을 시켜 왔었다. 귀머거리 군대를 창설하는 과정에서 온갖 잔인한 행동들이 자행되었다. 한의 무리 가운데에서 귀머거리들은 한정되어 있어 그 수효가 볼품이 없었고, 또 대부분의 타고난 귀머거리들이 근기가 부족하여 아무래도 전사로서는 부적합자들이 태반이었다. 그래서 요가 생각해 낸 것이 기존의 군인들의 귀를 일부러 고막을 터뜨려 멀게 하고 그들을 갖고 귀머거리 부대를 창설하는 것이었다. 한의 무리 가운데에서 가장 용감하고 전투능력이 탁월하다고 인정받은 자들이 차출되어 인위적으로 고막을 손상당하고 귀머거리가 되어 귀머거리

부대에 편성되었다. 요의 이 포악스런 행위를 비난하는 측들이 없지 않았다. 은족의 일파인 순이 요의 행위를 비난하는 측들 가운데 가장 과격한 인물이었는데, 순의 비난은 그러나 한의 무리 가운데에서 크게 호응을 얻지는 못하였다. 요의 세력이 워낙에 강해 요에게 반항한다는 것은 참으로 용이한 일이 아니었고, 웅녀의 피리 소리에 패퇴해 온 걸 부끄러이 여기는 대다수의 한의 무리의 인물들이 요의 조치를 어쩔 수 없는 필요악으로 수긍하고 넘어가고 있었기 때문이었다.

요를 비난한 순은 한의 무리가 그의 주장에 호응하지 않았기 때문에 생명의 위협을 받았고, 생존을 위해 한의 무리를 떠나 환웅의 나라 웅녀에게로 귀의했다. 웅녀는 한의 무리를 떠나온 순을 반가이 맞이하였는데 순이 비록 한의 무리라 하더라도, 한의 무리 역시 지상계의 아름다운 족속 가운데 하나였고, 그들에게도 지상계의 아름다움을 깨닫게 하는 것이 환웅이 세운 환웅의 나라 신조였기 때문이었다.

순에 의하여 이막이라는 물건의 존재가 웅녀에게 알려졌다. 한의 무리 가운데 귀머거리 부대가 창설되었다는 사실도 알려졌다. 웅녀는 요가 이끄는 한의 무리가 조만간 다시 그녀가 다스리는 환웅의 나라 백성들을 침공하리라는 걸 알았다. 요가 이막을 만들고 귀머거리 부대를 창설하고 한 게 환웅의 나라 백성들을 다시 한 번 침공하기 위해서인 게 분명했으니까. 요는 웅녀의 피리 소리의 위력을 알고 그 피리 소리를 무마할 방편을 찾았던 것이었다.

순이 알려 주고 웅녀가 예측한 대로 요는 다시 환웅의 나라를 쳐들어왔다. 웅녀는 요가 이끄는 한의 무리가 쳐들어올 것을 예상하고 있었기 때문에 요가 그의 무리를 움직이기 보름 전 이미 환웅의 나라 백성들을 나라의 중심이요 신단수가 있고 그녀가 웅거하는 신시 안으로 대피시켜 놓고 있었다.

요는 제일차 침공 때와 마찬가지로 무인지경의 마을과 날짐승과 새들이 없는 산과 들과 물고기가 뛰놀지 않는 강과 냇가를 지나며, 웅녀의 신시를 향해 진격해 들어갔다. 요는 마을에 사람이 없고 산과 들에 날짐승들이 없고 강과 내에 물고기들이 없는 걸 기이하게 여기지 않았다. 제일차 침공 때, 그와 같은 경험을 하였기 때문에, 왜 마을에 사람이 없고 산과 들에 날짐승이 없고 강과 내에 물고기들이 없는가를 알고 있었기 때문에, 기이하게 여길 까닭이 없었던 것이었다. 요는 환웅의 나라 마을들에 사람이 없고 산과 들에 날짐승들이 없고 강과 내에 물고기들이 있는 사실을 하등 기이하게 여기지 않으면서 웅녀의 신시를 향해 빠른 속도로 진군해 갔다. 열흘 낮밤을 쉬지 않고 행군해 온 덕분에 요와 요가 이끄는 한의 무리는 신시가 있는 태백산 아사달 밑에 당도했다. 신시에서 요가 이끄는 한의 무리가 진을 친 곳까지의 거리는 일 킬로미터 정도였고, 요가 이끄는 한의 무리가 그 지점에 진을 쳤을 때의 시각이 저녁 일곱점이었다. 한의 무리는 그제서야 여독을 풀고 저녁을 먹고 일찌감치 잠자리에 들었는데, 다음날 있을 게 분명한 환웅의 나라 백성들과의 대접전을 위해 충분한 휴식을 취해 두는 것이었다.

　다음날 동이 튼 직후 이미 깨어 전열을 정비한 요가 그의 무리를 이끌고 웅녀의 신시를 향하여 돌진했다. 웅녀의 신시를 향해 돌진해 가는 한의 무리의 함성소리와 기마대의 말발굽 소리와 보병들의 발자국 소리가 태백산의 아침을 쩌렁쩌렁 울렸다. 그것은 전쟁을 알리는 소리였고, 만물을 손상시키는 소리였고, 고통과 처절함과 슬픔이 깃든 소리였다. 상서로운 산 태백산은 당연히 그 소리를 싫어했다. 그래서 천하에 다 들리는 큰 울음을 한차례 울었다. 들을 귀 있는 자는 그때 태백산의 울음소리를 들었는데, 웅녀와 웅녀가 다스리는 환웅의 나라 모든 백성들이 태백산의 큰 울음소리를 들었던 반면 요와 요가 이끄는 한의 무리는 듣지 못하였다. 그도 그럴 것이 금번 요와 그의 무리의 출정은 듣지 않는 것을 신조로 하고 있었기 때문이었다.

　요는 공격의 최전방에 그가 새로 창설한 귀머거리 부대를 내세웠다. 그 뒤를 귀가 멀쩡한 병사들이 따르도록 하였는데, 귀가 멀쩡한 병사들은 모두 요가 고안하고 만들어낸 이막을 품에 지니고 있었다. 일반적인 병법 상식과 거꾸로 된 이와 같은 부대 배치는 오로지 웅녀의 피리 소리를 의식해서였다. 요는 일차 침공 때의 그 쓰라린, 아픈 경험을 두 번 다시 하고 싶지 않았던 것이었다.

   요와 요가 이끄는 한의 무리가 신시와 그들의 진과의 한 중간쯤을 왔을까 했을 때였다. 아니나다를까 그들이 고대(?)하고 있던 웅녀의 피리 소리가 들려오기 시작했다. 요는 잽싸게 그의 무리들에게 이막을 쓰도록 명령을 내렸고 요의 명령은 무리 전체에 즉각적으로 시행되었다. 웅녀의 피리 소리가 태백산의 밝은 아침을, 그 밝음에 어울리게 맑고 푸르고 청아하게 만들어 놓고 있었다. 요가 이끄는 한의 무리의 소란스러운 소리에 더럽혀진 태백산의 정기가 웅녀의 피리 소리에 의하여 다시 깨끗해지고 있었다. 웅녀의 피리 소리가 너무도 듣기 좋은 태백산은 이번에는 큰 울음 대신 큰 웃음을 한차례 웃었다. 들을 귀 있는 자는 태백산의 그 큰 웃음소리를 들었는데 웅녀와 웅녀가 다스리는 환웅의 나라 백성들은 그 큰 웃음소리를 들었고, 요와 요가 이끄는 한의 부리는 그 큰 웃음소리를 듣지 못하였다. 한의 무리가 태백산의 큰 울음소리도 큰 웃음소리도 듣지 못한 것은 참으로 애석한 일이었다. 태백산의 큰 울음소리와 큰 웃음소리를 들었다면 지금 그들이 일으키려는 전쟁이 얼마나 허망한 것인가를 깨닫게 되었을 것이기 때문이었다.

　웅녀의 피리 소리는 태백산의 밝은 아침 속을 눈부시게 그리고 아름답게 울려 퍼지고 있었지만, 그러나 요와 요가 이끄는 한의 무리에게는 전혀 들리지 않았다. 이번에 환웅의 나라를 유린한 한의 무리의 주력부대는 귀머거리 부대였고, 귀머거리가 아닌 병사들도 이막이라는 모든 소리를 차단하는 물건을 귀에 착용하였기 때문이었다. 지난 이 년 간의 요의 피비린내나는 철저한 전쟁준비가 보람으로 드러나는, 빛을 발하는 순간이었다. 웅녀의 피리 소리가 들리지 않는 한의 무리는 웅녀의 피리 소리로부터 어떠한 영향도 받지 않았다. 웅녀의 피리 소리는 어떤 소리도 듣지 못하는 한의 무리에게 아무 영향도 미치지 못했다. 웅녀의 피리는 그녀의 신시를 향해 파죽지세로 몰려오는 한의 무리에게 속수무책이었다. 요는 회심의 미소를 지었다. 미소에 뒤이어 이 싸움의 승리가 저만큼에 보였다. 웅녀가 그의 앞에 무릎을 꿇고 머리를 조아리고 있는 모습이 보였다. 그 모습이 요가 보기에 너무도 좋았다. 요는 주체할 길 없는 희열에 사로잡혔고, 주체할 길 없는 희열 때문에 가만 있을 수 없고, 포악한 함성을 내뱉었다.

　"잔인하고도 끔찍한 나의 무리들아, 어서 빨리 웅녀의 신시로

가 환웅의 나라 착한 백성들을 도륙내자."

요의 포악한 그래서 쓸데없는 함성을 듣는 한의 무리는 다행히 한 명도 없었다. 그들 모두 오늘 전쟁에서 귀머거리였기 때문이었다.

웅녀의 피리 소리가 한의 무리를 다스릴 수 없었으므로 요의 기대대로 이 전쟁의 승리는 요와 요가 이끄는 한의 무리에게로 돌아갈 게 틀림없을 것 같았다. 한의 무리는 밀려오는 파도처럼 파죽지세로 웅녀의 신시를 향해 몰려들어갔고, 누가 보아도 웅녀의 신시는 바람 앞의 등잔불이었다. 웅녀가 다스리는 환웅의 나라 백성들이 가지고 있는 무기란 고작 논과 밭을 갈 때 사용하는 농기구뿐이었고, 그것 가지고 칼과 창과 도끼로 무장한 한의 무리와 싸운다는 것은 택도 없는 일이었다. 웅녀의 피리 소리가 효과를 발휘하지 못하는 상황에서 환웅의 나라 백성들의 패배는 필연적일 수밖에는 없었다.

요가 이끄는 한의 무리의 선발대가 신시를 코앞에, 한 백여 보쯤 앞에 남겨 놓았을 때였다. 갑자기 웅녀의 피리 소리가 뚝 그쳤고, 들리느니 신시를 쳐들어가는 한의 무리의 말발굽과 발자국 소리뿐이었다. 물론 그와 같은 소리의 변화를 인지하는 것은 환웅의 나라 백성들뿐이고, 모두 귀머거리가 되어 있는 한의 무리는 아니었다. 그녀의 피리 소리가 한의 무리에게 어떠한 영향도 미치지 못한다는 것을 알고 웅녀도 피리 불기를 멈추는 것 같았다. 웅녀는 이 싸움의 패배를 자인하는 것 같았다. 웅녀가 피리 소리를 그쳤을 때 환웅의 나라 온 백성과 환웅의 나라 온 산하가 가슴이 덜컥 내려앉는 충격과 함께 그렇게 느꼈다. 그런데, 다음 순간이었다. 신시의 신단수 위에서 태양처럼 찬란한 빛줄기가 신시를 향해 진격해 오는 한의 무리를 향해 내뿜어져 나가는 것이었다. 그 빛은 진실로 찬란하고 따뜻하고 아름다워서 천상계, 지상계, 인세, 짐승세, 새의 세, 곤충의 세, 식물계 무엇이든 감동시키는 바가 있었고, 그 빛줄기를 쏘이거나 맞거나 본 누구든 감동받지 않고는 배겨 내지 못했다. 일찍이 환웅이 지상계에 머물렀던 동안 환웅의 주위에서 늘 쏟아져 나오던 빛줄기였고, 환웅이 천상계로 돌아가 버린 이후로는 사라진 빛줄기였었다. 그 빛줄기가 일찍이 환웅이 세웠던 도시인 신시의 신단수 아래에서 다시 나타나고 있었던 것이다.

  한의 무리도 그 빛줄기에 대하여 알고 있었다. 한의 무리가 그들의 서남방의 원거주지를 버려두고 동북방의 환웅의 나라를 향하여 이동해 온 것이 그 빛줄기의 따스함 때문이었다. 그 빛줄기 아래에 머물면 삶이 아름답고 가볍고 행복해질 것만 같았기 때문이었다. 그래서 그들의 고향을 등지는 대 결심을 하였던 것이었다. 그런데 환웅의 나라를 향해 동북방으로 올라오는 중에 그 빛줄기가 사라져 버렸던 것이었다. 한의 무리는 크게 실망했고, 쉽게 절망하는 부류들은 실망을 넘어 절망에까지 이르렀는데, 그 절망 가운데에서 포악한 요가 무리의 절망을 이용해 정권을 잡을 수가 있었던 것이었다. 한의 무리는 헛수고를 한 셈이었고, 그런 점에서 한의 무리가 화가 나고 만 것은 어느면 이해가 가는 일이기도 했다. 헌데, 사라진 그 빛줄기가 웅녀의 신시에서 다시 쏟아져 나오고 있는 것이었다. 그러니 한의 무리 전체가 놀라고 황당해진 것은 당연한 일이었다. 무리 가운데의 누군가가 '환웅이 내려왔다'라고 말했고, 그 소리는 순식간에 한의 무리 전체에 퍼지고 공감대를 형성했다. 한의 무리는 지금 모두 귀머거리 부대였으면서도 그랬다. 한의 무리의 선봉대가 행군을 멈추었다. 선봉대가 행군을 멈추자 멈춤은 그 뒷선으로 이어지고 또 뒷선으로 이어지고, 해서 금세 한의 무리 전체의 행군이 멈추었다. '환웅이 위험에 빠진 그의 신시를 구하기 위하여 천상계에서 내려왔다' 지금 이 순간 한의 무리 모두가 그와 같은 생각을 떠올리고 있었고, 요도 예외가 아니었다. 자칫 잘못하면 공포가 될 수 있는 강력한 두려움이 일순간 한의 무리 전부를 훑고 지나갔다. 인간으로서 그렇게 잔인하고 포악하고 용맹스런 요도 두려움에 떨기는 마찬가지였다. 아니, 요만이 두려움을 느끼고 있었다고 해야 할지 모르겠다. 강력한 두려움이 한번 훑고 지나가면 다음 순간 한의 무리들은 따스함을 느끼고, 환웅에 대한 존경심을 느끼고, 막무가내로 그의 백성이 되고 싶은 충동에 사로잡히는 반면 요는 여전히 두려움만을 느끼는 탓이었다. 한의 무리로서 최선발대의 귀머거리 부대원 가운데의 한 명이었다. 그가 문득 빛줄기가 흘러나오는 신단수를 향해 부복하고 그 빛줄기의 따스함과 온화함과 오묘함을 찬미하기 시작하는 것이었다. 그의 그러한 행위가 하나의 신호 같았다. 그러자 한의 무리 모두가 한결같이 땅에 무릎을 꿇고 엎디어 신시의 신단수를 향해 끊임없이 절하면서 그 빛줄기의 따스함과 온화함과 오묘함을 찬미하는 것이었다. 오로지 요 하나만이 꼿꼿이 서서 부복하지 않을 뿐이었다.

요는 두려웠다. 두 가지 점에서 두려웠다. 그도 다른 한의 무리들처럼 빛줄기 앞에 무릎을 꿇게 될까봐 두려웠고, 다른 하나는 이미 빛줄기 앞에 부복해 버린 그의 무리들이 다음 순간에는 환웅의 나라에 귀화하겠다고 나서지 않을까 두려웠다. 그가 속한 한의 무리가 대이동을 시작한 게 그 때문이었으므로, 그런 어이없는 일이 안 일어난다고 할 수 없는 일이었다. 요는 그러기 전에, 그의 무리를 이끌고 빨리 환웅의 나라 영토를 빠져나가야 한다고 생각했다. 그러나 어떻게 그의 무리를 되돌릴 수 있을지 요는 속수무책이었다. 모두 이막으로 귀를 막았거나 일부러 고막을 터뜨린 귀머거리들이어서 그가 소리친들 그의 소리를 들을 리 없었고, 그의 소리를 듣는다 하더라도 그의 명령을 따를지 의심스러운 일이었다. 그의 무리 전체가 신단수에서 뿜어져 나오는 빛줄기에 감화되거나 동화되어 있어 다른 어떤 명령도 인지된다고 보장하기 어려웠던 것이었다. 요는 진짜 환웅이 그의 신시를 구하기 위해서 천상계에서 다시 내려온 건가, 생각해 보았다. 요는 그럴 리는 없다는 생각이었는데, 한 번 천상계로 복귀한 환웅이 다시 지상계로 내려온다는 건 아무래도 어불성설처럼 여겨졌기 때문인데, 그러나 이 빛줄기를 감안하면 마냥 아니라고만 하기도 어려운 일이었다. 요는 교활한 웅녀가 이번에도 무슨 농간을 부린 거라고 짐작하고 자신의 짐작이 맞기를 바랐다. 자신의 짐작이 맞다면 그 사실은 확인될 필요가 있었고, 확인되어 그의 무리에게 전달되어야만 했다. 그래야 그의 무리가 미망에서 깨어나 이 어처구니없는 부복행위에서 벗어날 수 있겠기 때문이었다. 요는 답답하고 참담한 나머지 스스로에게 물었다. 웅녀는 마녀인가, 그렇다고 스스로에게 대답했다. 그렇지 않고는 이런 말도 안 되는 조화를 부릴 수는 없는 일이라고, 요는 생각했다.

  요는 그의 가죽 갑옷 속의 흰옷을 찢어 그 찢어낸 천을 화살촉에 묶어 웅녀가 있는 신시를 향해 날려보냈다. 항복의 표시였다. 그리고는 말을 달려 신시를 향해 갔다. 요가 신시의 경계선 앞에 도착했을 때 하얀 삼베옷에 머리를 올리고 비녀를 꽂은 여자가 세 명의 위엄찬 남자들의 호위를 받으며 서 있는 자태와 마주쳤다. 요는 여자가 웅녀라는 것을 한눈에 알아보았다. 그가 꿈속에서 보고 반한 웅녀가 바로 여자와 똑같은 생김새였기 때문이었다.

요가 말했다.

"항복이오. 우리를 돌려보내 주시오. 우리를 돌려보내 준다면 다시는 당신의 나라를 침범하지 않을 것을 약속드리겠소."

"환웅의 나라에 귀의할 생각은 없소? 그러면 당신들도 이 빛줄기의 따스함과 온화함과 오묘함을 만끽할 수 있을 텐데."

"싫소. 우리는 이 빛줄기가 없이도 여태껏 잘 살아왔고 앞으로도 잘 살아갈 것이오. 우리는 우리식대로 살 것이오."

"그렇다면, 돌아가시오. 돌아가서 여태껏 당신과 당신의 백성들이 살아왔던 그 방식들을 고스란히 고수하면서 살아가시오. 하지만 명심하시오. 당신이 한 약속은 꼭 지켜야 한다는 걸. 환웅의 나라는 그 누구도 침략할 수 없소."

"명심하겠소. 나도 그 점을 뼈저리게 느끼는 바이오. 나와 나의 자손이 한의 무리의 지도자인 한 환웅의 나라를 침범하는 일은 다신 없을 것이오."

"그럼 당신의 무리를 이끌고 가시오."

요가 웅녀의 허락을 받고 돌아섰을 때 그의 무리들은 이미 땅바닥에 부복한 자세에서 몸을 일으켜 세우고 있는 중이었다. 요는 두말없이, 쏜살같이 그의 무리 가운데로 돌아왔고, 그의 무리에게 이막을 빼라고 지시를 내리고, 그 귀가 자유로워진 그의 무리들을 향해 퇴각 명령을 내렸다. 요와 요가 이끄는 한의 무리의 퇴각은 신속하게 이루어졌다. 신시까지 당도하는 데 열흘 낮밤이 걸렸던 반면 신시를 출발해 환웅의 나라를 벗어나는 데에 그보다 적은 아흐레 낮밤이 걸렸던 것이었다. 두려움 때문이었다. 요는 그 빛줄기로부터 받은 두려움이 여전히 생생했고, 가능하면 빨리 그로부터 멀어지고 벗어나고 싶었던 것이었다. 두려움 때문에 그렇게 서둘러 퇴각을 하고 있긴 하지만 그러나 요는 웅녀와의 약속은 까맣게 잊고 있었다. 애초부터 요는 웅녀와의 약속을 지킬 의사를 지니고 있지 않았었다. 이 난국을 타개하기 위해 무슨 방편이든 써야 한다는 생각이었고, 웅녀와의 약속은 난국타개용 방편이었지, 요에게 그 이상의 의미는 없던 것이었다. 환웅의 나라 국경을 아흐레 낮밤 만에 벗어나오면서 요는 웅녀와의 약속과는 백팔십도 다른 꿍꿍이를 하고 있었다. 시일이 얼마가 걸리든 반드시 환웅의 나라를 무너뜨리고 웅녀를 그의 여자로 만들겠다는 것이었다. 꿈이 아닌 실제의 웅녀를 만나고 난 요는 아무리 해도 벗어날 수 없는 연정에 빠지고 말았고, 아무리 해도 벗아날 수 없는 연정을 품게 되고 만 요는 웅녀와의 약속과는 정반대되는 꿍꿍이를 꿈꾸지 않을 수가 없던 것이었다.

알레그로 아니마또

여자를 따라 원형의 집 안으로 들어온 시간이 꽤 되었다. 검은 장막 같은 저녁 어스름이 원형의 집 안으로 턱을 괴기 시작하면서 나는 시간의 경과를 느끼고 있었다. 주위의 사물들이 손쉽게 저녁 어스름에 포위당해 가고 있었다. 찻잔, 탁자, 먼지 낀 소파, 여자.

해가 지면서 원형의 집 안의 기온이 더욱 내려갔다. 그렇지 않아도 춥던 집 안이 한층 썰렁해졌다. 그러나 여자는 여전했다. 극장에 입고 갔던 빨간 반팔 티셔츠에 청반바지를 입고 있었고 그러고서도 추위에 떨지 않았다. 이마에는 송글송글 땀방울이 맺혔고 입고 있는 티셔츠에는 촉촉하니 물기가 배어 있었다. 여자가 흘린 땀방울이나 티셔츠에 배어 있는 물기가 바깥의 찬 공기와 접촉하고서도 식거나 얼어 버리지 않는 이유를 나는 처음으로 신기해 했다. 내가 느끼는 한기가 그런 의문을 품게 할 만큼 아주 두터웠다.

나는 그만 돌아가야겠다고 생각했다. 돌아갈 시간이 정해진 것은 아니었지만 무엇보다도 춥고 또 허기졌다. 여자를 바라보았다. 마음 한구석이 찜찜했다. 무언가 아주 중요한 일을 빼놓고 하지 않은 것만 같은 기분이었다.

여자는 막 소파에서 일어나고 있었다. 소파와 탁자 사이를 빠져나가 오른쪽 벽으로 걸어갔다. 여자의 왼쪽손이 여자의 어깨만큼 올라갔고 '찰칵' 하는 소리가 났고 여자의 머리 위에 걸려 있는 붉은 갓의 벽등에 불이 들어왔다.

불을 켠 여자가 그녀의 자리로 돌아오기 전에 나는 자리에서 일어났다. 그리고 여자보다 먼저 여자가 앉아 있던 자리로 가 앉았다.

여자가 다시 그녀의 자리로 돌아왔고 나를 쳐다보았다. 나를 쳐다보는 여자의 눈빛이 묻고 있었다. 내가 왜 그녀의 자리로 건너와 있는 건지. 여자는 앉지 않고 선 채로 잠시 주춤거렸다. 나는 서 있는 여자를 올려다보았고 왜 앉지 않느냐고 말을 했다. 나를 바라보는 여자의 눈빛이 내가 자리를 옮겨 앉았기 때문이라고 말을 하고 있었다. 여자는 여전히 주춤주춤 주저하는 동작으로 나의 곁에 자리를 잡고 앉았다. 여자가 앉을 때에 작지만 '푹썩' 하고 용수철 밀리는 소리가 났고 하얀 먼지가 일었을 것이다.

내가 오른팔을 소파 뒤로 돌려 여자의 어깨를 감싸쥐려고 하자 내내 잠잠하던 여자가 아주 작은 소리로 입을 열었다.

"이럼 안 돼요."

말을 하는 여자는 마치 나이 어린 소녀처럼 가느다랗게 떨고 있었다. 떠는 여자의 낯빛이 저녁노을처럼 붉게 변색되어 가고 있었다. 낯빛뿐만이 아니라 몸 전체가 그렇게 붉게 변색되어 가고 있었다. 나는 별로 놀라지 않았다. 나는 여자의 낯빛이 붉게 변색되어 가는 걸 처음 보는 게 아니었다. 크고 높고 오싹한 짐승의 울부짖음 소리가 들려왔던 낮에도 여자는 이상하다 싶을 만큼 온몸이 붉게 변색이 되었었다. 마치 살갗이 불에 타들어가는 것 같았었다. 그때 나는 빨갛게 타들어가는 여자를 바라보면서 불안에 잠겼던 거지만, 지금은 아니었다. 여자는 쉽사리 붉어지는 체질 같았고, 원래 이런 일에 익숙치 않은 여자는 금세 살갗이 붉어지는 것이었다.

천천히 여자의 몸을 책을 읽듯 훑기 시작했다. 얼굴의 붉은 뺨에서부터 목을 지나 두 개의 젖무덤을 휘돌고 가슴선을 타고 내

알레그로 아니마또 111

려와 여자의 깊은 곳을 향해…… 여자는 움직이지 않았다. 나의 행동을 저지하지도 거부하지도 않았다. 다만 온몸이 더욱 붉게 물들어 가고, 간혹 기어들어가는 듯한 신음소리를 낼 뿐이었다.

"으음…… ."

내가 여자의 푸른 반바지의 자크와 단추를 풀고 손을 막, 여자의 길고 깊은 그 속으로 집어넣으려는 참이었다. 여자의 자줏빛 팬티가 눈에 들어왔다. 여자의 숨소리가 가빠지고 있었고, 나 역시 흥분 상태였다. 그때, 짐승의 울부짖음 소리가 들려왔다. 낮에 내가 들었던 짐승의 울부짖음 소리와 같은 울부짖음이었다. 나는 조상彫像처럼 온몸이 뻣뻣이 굳고 말았다. 여자의 자주빛 팬티 속으로 들어가려던 나의 손길이 그 자리에서 멈췄다. 낮에 짐승의 울부짖음 소리를 듣고 내가 느꼈던 불안이 다시 모습을 드러내고 있었다. 나는 여자를 바라보았다. 여자는 전혀 놀라워하거나 불안해하지 않았다. 여자는 그 일에 열중한 나머지 짐승의 울부짖음 소리를 듣지 못했거나 무시하는 것 같았다. 여자의 달아오른 모습이 내게 가라앉아 가던 욕망을 다시 불러 일으켰다.

두 번째로 짐승의 울부짖음 소리가 들려왔을 때, 그러나 나는 그 일을 더는 계속할 수 없었다.

여자가 기른다는 탱커라는 곰이 원형의 집 왼쪽 끝방 – 그곳은 부엌이 있는 방이었다 – 에서 문을 열고 나오는 것을 보았다. 산처럼 거대한 하얀 북극곰. 방을 나와 거실로 들어선 탱커가 나를 노려보고 있었다. 나를 노려보는 탱커의 눈빛이 태양보다 더 뜨겁게 이글거렸다. 나는 앉은 자리에 그대로 얼어 버린 채로 꼼짝할 수가 없었다.

여자는 살갗이 불타듯 빨갛게 타들어가고 거칠게 숨을 몰아쉬면서 신음소리를 내고 있었지만, 나에게 여자의 모습은 더 이상 흥미를 끌지 못하였다. 나의 욕망은 이미 식어 있었다. 나는 급격히 냉각되어 몹시 추웠다. 사실 말이지 원형의 집은 너무 추웠다. 사람을 살 수 없게 하는 추위였다. 여자는 덥다고 여름옷을 입고 생활하고 있었지만, 그건 여자의 특이체질 때문일 뿐이었다. 나는 특이체질이 아니었고 난방이 되어 있지 않은 어둠이 깔린 원형의 집이 견디기 어려웠다.

나는 이 춥고 살벌하게 느껴지는 원형의 집을 그만 나가고 싶었다. 여자는 여전히 욕망의 전철을 타고 허덕이고 있었지만, 나는 이미 원형의 집을 빠져나갈 욕망밖에는 없었다.

여자의 이름은 혜정이라고 했다. 나이는 서른 살. 나와 동갑이었다. 생일을 따진다면 나보다 하루가 늦었으므로 동생인 셈이었다. 730713-2023817 여자의 주민등록번호였다. 주소는 서

울시 성동구 옥수동 17-2번지였다. 키는 163센티, 몸무게는 그녀 자신도 잘 몰라 모르겠으나 약간 통통한 편으로 53킬로 안팎일 터였다. 그리고 무엇보다도 중요한 건 678-3927로 전화를 걸면 여자가 전화를 받는다는 사실이었다…… 나는 지금 쓸데없는, 하지 않아도 될 얘기들을 장황스럽게 늘어놓고 있다. 그러나 내가 하지 않아도 될 쓸데없는 이야기들을 장황하게 늘어놓는 데에 이유가 없지는 않다. 말하자면 나는 내 나름의 절실한 이유에서 그렇게 하고 있는 것이다.

내가 여자에 관한 그런 자질구레한 정보들을 굳이 밝혀 놓는 건 여자가 이 세상 밖 다른 세계의 사람이 아니라는 걸 확인하기 위해서였다. 그렇게 하지 않으면 여자는 어느새 연기처럼 달아나, 나와 함께 이 세상의 공기를 호흡하는 존재라는 걸 곧잘 잊게 만들곤 했다. 나는 수시로 여자의 이름과 나이와 주소 등을 확인해야 했다.

여자와 만날 때는 물론 불확실한 것은 아무것도 없었다. 그러나 여자와 헤어지고 나면 곧바로 이 모든 게 내가 꾼 꿈이 아니었을까 싶어지는 것이었다. 여자와 헤어지고 나자마자 갑자기 여자의 현실성이 의심스러워져 나는 원형의 집으로 전화를 걸곤 한 적이 한두 번이 아니었다. 여자는 전화를 받았고 나의 의심은 한 번도 맞아떨어져 본 적이 없었다. 그러나, 그럼에도 불구하고 말이다, 나는 여자의 현실성이 의심스러웠다.

  내가 원형의 집이 있는 그 언덕을 다시 찾아가게 된 건 아주 단순한 이유에서였다. 언덕 위에 원형의 집이 있다는 걸 확인하기 위해서 그곳에 간 것이 아니었다. 그와는 반대의 이유, 원형의 집 같은 건 없다는 걸 확인하기 위해서 그곳에 갔다. 그러나 원형의 집은 엄연히 그 언덕 위에 실재하고 있었다. 여자도 가상이거나 꿈속의 인물이 아니었다.
  여자는 쉽사리는 나타나지 않았다. 네 번째 초인종을 눌렀을 때에야 가늘고 조심스러운 여자의 목소리가 인터폰을 통해 흘러나왔다. 여자의 목소리는 당황한 듯 아주 조심스러웠는데 아무도 그녀를 찾아올 사람이 없는데 초인종이 끈질기게 울렸기 때문에 어쩔 수 없이 응답한다는 식이었다.
  여자는 나를 기억하고 있었고 낯설어하지 않았다. 내가 누구라는 걸 알자 여자의 목소리에서 금세 당황기가 사라졌고 오래 혼자 은둔하듯 살아가는 사람에게서 흔히 보이는 목소리의 어눌함도 사라졌다. 여자는 나를 반가워하고 있었다. '탁' 하는 전자음 소리를 내면서 금세 문이 열렸고 오후 여섯 시가 약간 넘은 겨울 저녁의 어스름을 뒤로하고 나는 원형의 집 안으로 들어갔다.

정원은 황량했고 냉랭한 기운이 감돌고 있었다. 어둠이 깔리기 시작한 저녁 어스름 속에서도 나는 그 황량함을 충분히 느낄 수 있었고, 그 황량함 속으로 누군가의 끈질긴 시선을 느꼈다. 여자의 시선이 아니었다. 집요하고 끈적끈적한, 살기에 찬 짐승의 눈길이었다. 그제야 나는 아차 싶었고 여자 말고 원형의 집에 사는 또 다른 존재에 대하여 상기했다.

거실 안 역시 여전했다. 선명하게 찍힌 덩치 큰 네발 짐승의 발자국. 아주 오래 청소하지 않아 뽀얗게 내려앉은 하얀 먼지. 아무렇게나 널려져 있는 잡동사니들. 춥고 싸늘한 냉기. 지난 일주일새 내가 사는 바깥에서 아무 일도 일어나지 않은 것처럼 여자가 사는 원형의 집 안에서도 아무 일도 일어나지 않은 것이었다.

여자를 다시 만난 것이 내게 일종의 감동 같은 걸 불러일으켰다. 나는 여자를 다시 만나게 되리라고는 기대하지 않았다. 원형의 집은 실재하지 않고, 이 세상에는 없는 장소에서 사는 여자가 실재할 리 없다고 생각하고 있었다. 그래서 원형의 집과 여자를 다시 만나게 되었을 때 놀라웠고 감동을 받았다. 여자를 앞에 하고 얘기를 나누는 중에도 나는 불현듯, 여자가 연기처럼 사라져 버리는 건 아닐까 하는 우려가 언뜻언뜻 고개를 들곤 했다. 그러나 여자는 나와 있는 내내 사라지지도 증발하지도 않았다.

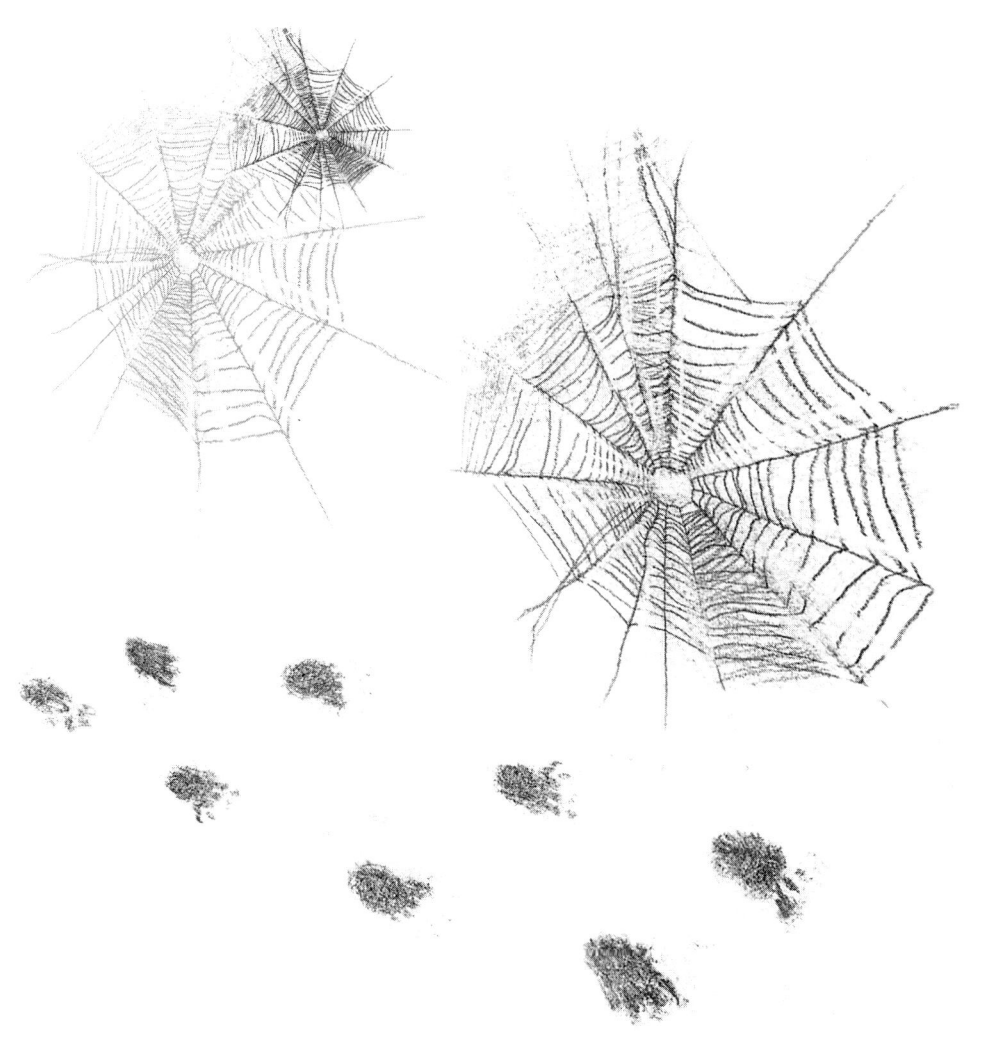

여자가 마치 연기처럼 사라진 적이 있긴 했다. 차를 타오기 위하여 부엌으로 갔을 때였다. 여자가 그녀의 의사를 분명히 밝혔음에도 불구하고 나는 부엌으로 사라지는 여자는 연기처럼 증발하는 여자라고, 뜬금없이 생각했다. 여자는 차를 타올 만큼의 시간이 지나 다시 나타났고 탁자 위에 찻잔을 내려놓고는 자리에 앉았다. 여자가 자리에 앉을 때 하얀 먼지가 마치 연기처럼 일어났다가는 사라졌을 것이다. 여자가 타온 커피에서는 은은한 음악 같은 향내가 났는데, 헤이즐넛향이었다. 모든 것이 지난주와 동일했다. 일주일 전의 시간으로 되돌아온 듯한 느낌이었다. 나와 여자와 앉아 있는 자리와 헤이즐넛 커피와 붉은 벽등과 음산하고 스산한 공기. 불현듯 못 이룬 여자와의 섹스가 떠올라 왔다.

"어떻습니까. 다음주에는 내가 혜정씨를 초대하고 싶은데."

즉흥적으로 꺼낸 말이었다. 그러나 나는 그것이 아주 시의적절한 말이라는 사실을 곧 깨달았다.

"초대요?"

여자가 다소 놀라는 표정을 지었다.

"저희 집도 구경할 겸 해서 한 번 놀러오라는 거지요. 혜정씨 집처럼 크지는 않지만 그래도 근사하거든요."

"하지만 난 민우씨 집을 모르는 걸요."

"그건 걱정할 게 없습니다. 내가 가르쳐 드릴 거니까요."

"하지만……."

잠시 말을 멈추었다 다시 말을 잇는 여자의 낯빛은 긍정적이지 않았다.

"초대는 고맙지만 역시…… 어려울 것 같아요. 난 아주 특별한 날이 아니면 집 밖으로 나가지 않아요. 밖은 너무 덥기 때문에……."

여자를 초대에 응하게 하기 위해서는 아주 특별한 날이어야 한다는 것이었다. 맞는 얘기였다. 여자는 웬만하면 집 밖으로 나가지 않았고 나가지 않을 만한 충분한 이유를 지니고 있었다. 겨울날씨가 너무 더웠기 때문이었다. 다시 입을 열기 전에 나는 아주 특별한 날에 대하여 생각을 했다. 벽면 선반 위에 놓인 금이 간 진한 갈색 토기를 바라보면서. 토기는 상당히 오래된 것처럼 보였는데, 아마도 선先역사시대까지 세월을 거슬러 올라가야 하지 않을까 싶었다. 토기가 가짜가 아니라면.

아주 특별한 날은 쉽사리 떠올라 오지 않았다. 나는 어떤 날이 아주 특별한 날인지 알 수 없었고 일 년 중 그런 날이 있는지조차도 의심스러웠다.

"다음주 수요일은 아주 특별한 날입니다. 물론 나한테만 해당되는 날이긴 하지만요."

여자가 나를 빤히 바라보았다. 아주 특별한 날이라는 나의 말이 여자의 관심을 끄는 것 같았다.

"다음주 수요일이 제 생일이거든요. 나한테는 아주 특별한 날이지요. 혜정씨한테야 다른 날과 다름없는 날이겠지만……."

"정말, 아주 특별한 날이군요."

여자가 그랬다. 아주 특별한 날이라고. 여자는 선선하게 동의를 표시했다. 내가 기대한 이상이었다. 나의 초대에 응할 것처럼 보여졌다.

사실을 말하자면 다음주 수요일은 나의 생일이 아니었다. 나의 생일이 아니었고 특별할 게 전혀 없는, 여느날과 마찬가지의 평범한 그냥 무료한 수요일이었을 뿐이었다. 나의 생일은 한여름, 칠월의 둘째주나 셋째주의 어느 날이었다. 아직 이월 초였으므로 내 생일이 오려면 앞으로 계절이 두 번은 더 바뀌어야 했다. 내가 다음주 수요일이 나의 생일이라고 거짓말을 한 건 아주 특별한 날이 어떤 날인지 잘 알 수 없었기 때문이었다. 달력에 아주 특별한 날이라고 적혀 있지 않았고 적혀 있다 하더라도 여자가 생각하는 아주 특별한 날과 그날이 실제 겹칠지도 의심스러운 일이었다. 나는 아주 특별한 날이 생각이 나지 않았고 잘 알 수 없었기 때문에 생일에 대해서 말을 한 것뿐이었다. 그것도 불쑥 꺼낸 말이었다. 불쑥 꺼내놓은 그 말이 의외로 효과를 나타내었기 때문에 나도 놀랐다. 나는 여자를 나의 집으로 초대할 수만 있다면 나의 생일을 여름에서 겨울로 바꾸어 놓아도 상관이 없다는 생각이었다. 한두 해쯤은 말이다.

"그래서 혜정씨를 초대하려는 겁니다. 조촐하나마 저녁이라도 한끼 할까 하고요."

"아주 특별한 날이네요. 축하해요. 하지만 전 역시……."

"못 오시겠다는 건가요."

여자가 대답 대신 고개를 끄덕였다.

"혜정씨도 알다시피 난 외로운 사람입니다. 나는 혼자 살고, 가족도 없고 돈도 많지 않습니다. 그래서 설날 혼자 영화를 보러 갔던 겁니다. 혜정씨가 다 아는 것처럼 말입니다. 나는 천구백팔십칠년도 이후로는 쭉 혼자 생일을 맞아왔습니다. 그러니까 중학교 이학년때부터 쭉, 십오 년을 그렇게 혼자 생일을 맞고 혼자 자축하고 혼자 나이가 들어온 겁니다. 이젠 진짜 신물이 납니다. 이번 생일이 서른 번째 맞는 생일인데, 이번 서른 번째 생일 만큼은 정말이지 나는 혼자이고 싶지 않습니다. 누군가 곁에 있어 주기를 나는 바라고 있습니다. 이를테면 혜정씨 같은…… 이런 나의 바람이 지나친 걸까요. 하지만 난 아주 절실합니다."

"지나치지 않아요. 정당한 바람이에요. 다만 그게 꼭 나여야 한다면……."

나는 꽤 과장되게 그리고 조금 장황하게 말을 했다. 여자의 마음을 움직이기 위해서는 어쩔 수 없었다. 다소의 과장은 필수불가결했고 필요하다면 더한 과장도 불사해야 했다. 꽤 과장되게 그리고 조금 장황하게 늘어놓은 나의 말은 효과가 있는 듯했다. 여자는 잠자코 나의 얘기를 듣고만 있었고 내가 얘기를 마친 뒤에도 한동안 그랬지만 안색이 심각했다.

생일이란 아주 특별한 날이고, 아주 특별한 날인 생일초대를 받았으므로 가야 한다는 식이었다. 그러나 벌써 이월이고 겨울이라고는 하지만 바깥날씨는 너무 더웠다. 그 무더위 속을 두꺼운 겨울코트를 입고 돌아다닌다면, 고개가 절로 설레이는 일이었다. 지금 입고 있는 이런 간편한 옷차림으로 나갈 수 있다면야 모르지만, 그랬다가는 집 밖을 나서자마자 사람들의 끈질긴 눈총을 받기가 십상이었다. 그건 더위보다도 더 견디기 힘든 더위, 환경이었다…… 뭐 여자는 지금 이런 정도의 고민을 하고 있을 것이었다. 나는 커피잔을 들고 은은한 음악 같은 헤이즐넛 향을 맡아 가며 헤이즐넛 한 모금을 마셨다. 그리고 다시 커피잔을 내려놓고 여자가 무슨 말을 할지를 기다렸다. 여자는 꽤 오래 말없이 뜸을 들였는데, 기다리기가 지루했다.

"그럼 이렇게 하면 어떻겠어요. 당신이 서른 번째 맞는 생일은 혼자 지내고 싶어하지 않는다니까 여기 저의 집에서 당신 생일 축하를 하면 말예요. 그럼 당신은 나와 함께 생일을 맞은 거고 당신은 혼자가 아니니까 바라는 바를 이루는 거잖아요. 꼭 당신 집이어야 할 필요는 없지요."

"아니 나의 집에서 해야만 합니다."

"왜요."

"나의 생일이기 때문입니다. 만일 당신의 생일이라면 당신의 집인 여기서 축하를 해야 할 겁니다. 내가 이곳으로 찾아올 거고요. 하지만 나의 생일은 나의 집에서 맞이해야 합니다. 당신의 집에서 맞는 나의 생일이라면 그건 아무 의미도 없습니다. 혼자 맞이하는 생일과 다를 게 하나 없지요. 역시 저는 외로움을 느끼게 될 겁니다."

"어째서 그렇지요."

"누구나 자기 생일은 자기 집에서 맞이해야 하는 거니까요."

"? ……"

나는 다음주 토요일 여자와 만나기로 하는 데 성공했다. 생일은 수요일이지만 평일이었기 때문에 주말인 토요일 오후에 만나기로 했다. 여자가 나의 집을 몰랐으므로 일단은 D극장 맞은편의 향수라는 까페에서 만나기로 했다. 시간은 오후 세 시.

D극장에서 영화를 보고 나오다 나는 향수라는 까페를 얼핏 보

앉고, 여자도 그 까페를 기억하고 있었다. 향수에서 토요일 오후 세 시에 나는 여자를 만날 것이었다. 토요일 오후 세 시에 여자를 만난 나는 여자와 함께 나의 집으로 돌아오게 될 것이었다. 내 생일을 축하하기 위해서.

다음주 토요일, 나는 일찌감치 집을 나섰다. 오후 두 시가 채 안 되어 있었다. 토요일 오후였고 별로 할 일이 없었기 때문에 나는 일찌감치 집을 나섰다. 내가 D극장 맞은편에 있는 까페 향수에 도착했을 때의 시간이 오후 두 시 반이 채 안 되어 있었다. 향수에서는 베에토벤의 로맨스가 흘러나오고 있었고 휘발성의 석유 냄새가 났다. 휘발성의 석유 냄새가 났던 건 중앙의 석유 난로 때문인 듯했다. 나는 향수의 출입구가 환히 들여다보이는 오른쪽 벽과 등을 진 자리로 가 앉아 여자가 나오기를 기다렸다.
여자를 만나기로 한 시간이 오후 세 시였고 여자가 제 시간에 나올까도 의심스러운 일이었으므로 나는 너무 일찍 나온 셈이었다. 그러나 나는 여자가 향수에 나오리라는 것만큼은 의심하지 않았다. 속살이 환히 들여다보이는 한여름의 옷을 입고. 아니, 사람들의 눈이 있으므로 속에는 여름옷을 입었다 하더라도 겉에는 두툼한 겨울코트를 걸쳐야 할 것이었다. 그건 한겨울에도 여름처럼 더위를 타는 여자에게는 고통일 게 분명했다. 그런데도 나는 여자가 까페 향수에 나오리라는 걸 조금도 의심하지 않았다. 왜냐하면 만나기로 한 오늘은 아주 특별한 날이었기 때문이었다. 바로 서른 번째 맞는 나의 생일. 나의 생일은 칠월 둘째주에서 셋째주 사이에 걸쳐 있지만 여자는 오늘이 나의 생일인 줄로 알고 있었다. 그러므로 여자는 나를 만나러 향수에 나올 것이었다. 결코 우호적이지 않은 바깥날씨를 무릅쓰고서라도.

나는 올 때 지하철에서 사들고 온 스포츠신문을 펼쳐 들고 읽기 시작했다. 오늘은 3월 7일이었는데 신문에는 3월 8일자 날짜가 찍혀 있었다. 날짜대로라면 나는 하루 전에 이미 다음날 일어날 사건에 대해 보고 있는 셈이었다. 나는 그 사실이 놀랍지 않았다. 이젠 오늘, 내일자 신문을 읽는 건 습관이 되어 버린 일이었고 습관이 되어 있지 않다 하더라도 놀라운 일은 아니었다. 나는 신문의 날짜란에 3월 8일이 아니라 그보다 더 먼 7월 10일 날짜가 찍혔다 하더라도 눈하나 깜짝하지 않았을 것이었다. 오늘 내가 7월 10일에 일어날 사건들을 미리 가 본다고 해서 무엇이 어떻단 말인가. 나는 무슨 웃기는 예측보도냐고 신문사에 항의 전화를 하지도 않을 것이었다. 어차피 내일은 오늘과 진배 없고 그 다음날은 내일과, 그런 식으로 따져 가면 7월 10일날 낮과 밤에 무슨 일이 일어날 거라는 건 아마도 뻔한 일이었다. 오늘과 내일과…… 차이가 있을 수는 있겠지만 그 차이란 동질성에 비하면 빙산의 일각에 지나지 않았다. 우리가 살고 있는 세상에 특별한 것은 아무것도 없었다. 여급아가씨가, 내가 신문을 보느라 여념이 없자 물컵을 내려놓은 채 아무 말 없이 돌아서 갔다. 사라져 가는 여급아가씨를 바라보면서 나는, 이런 경우는 수십 번도 더 반복해 온 경험이라고 얼핏 생각했다.

세 시가 되었을 때 여자는 향수에 나타나지 않았다. 오른쪽 벽의 중앙에 걸려 있는 벽시계에서 뻐꾸기가 나와 세 번을 울고 안으로 사라졌다. 나는 한동안 향수의 출입구 쪽을 응시했고 네댓 명쯤 되는 사람들이 나고 들었지만 여자의 모습은 보이지 않았다. 나는 여자가 제 시간에 나오리라고는 애초부터 기대하지 않았다. 나는 어떤 여자든 약속시간을 제대로 지키는 여자는 없다는 신념(?)이랄까, 뭐 그 비슷한 고정관념을 지니고 있었다.

결코 여자에게 우호적이지 않은 날씨를 고려하면 여자의 경우에는 더욱 늦을 만했다. 충무로에 있는 까페 향수까지 나오는 일이 여자에게는 상당한 모험일 수 있었다. 바깥날씨는 찌는 듯이 더운데 겨울옷을 입어야 하므로 여자에게는 한걸음 한걸음이 숨막히는 지경일 터였다. 지금 여자는 해가 타는 사막의 모랫길을 건너 나를 만나러 오는 중이었다, 맙소사.

오후 네 시가 되었을 때 나는 자리에서 일어났다. 오른쪽 벽의 중앙에 걸려 있는 뻐꾸기시계에서 뻐꾸기가 나와 네 번을 울고 들어갔다. 뻐꾸기가 네 번을 울고 들어가는 사이에 흘러나오는 음악이 스코틀랜드의 민요인 애니로리에서 토니첼리의 세레나데로 바뀌었다. 석유 냄새는 더 이상 나지 않았다. 중앙의 석유난로는 여전히 켜놓은 채였지만 나의 코가 그 냄새에 익숙해진 탓 같았다.

오후 다섯 시.

나는 의자 등받이에 고개를 꺾은 채 졸고 있었다. 나는 뻐꾸기 소리를 들었고 눈을 떴으며 벌써 다섯 시가 넘었다는 사실을 알았다. 내가 막 잠에서 깬 향수에서는 루치아노 파바로티가 부르는 카루소가 흘러나오고 있었고, 아무 냄새도 나지 않았다. 여자의 모습은 보이지 않았다. 나는 자리에서 일어났다. 아주 반사적인 행동이었다. 왼쪽 벽에 붙어 있는 공중전화부스로 가 여자에게 전화를 걸었다. 여자는 전화를 받지 않았다. 일부러 전화를 안 받는 게 아니라면 여자는 집에 없는 것 같았다. 여자가 집에 없다면 나를 만나러 나간 게 틀림없었다. 그렇지 않고는 여자가 원형의 집을 비워 두고 나갔을 리가 없었다. 그런데 나는 여자가 집에 있다고 생각했다. 전화를 받지 않는 건 여자가 집에 없기 때문이 아니라 일부러 받지 않는 거라고 생각했다. 한 스무 번쯤 신호가 울렸을까, 나는 수화기를 내려놓았다. 그리고는 돌아서서 향수의 오른쪽 구석 벽을 등진 나의 자리로 돌아와 앉았다. 삼십 분 정도를 더 향수에 죽치고 앉아 있었다. 물론 여자는 나타나지 않았다.

자리를 털고 일어나 향수를 빠져나오려는데 뒷통수가 몹시 따가웠다. 커피 한 잔 시켜놓고 우두커니 앉아 나고드는 사람들을 바라보고 있었던 게 내가 세 시간 반 동안 향수에서 한 일의 전부였다. 나는 언짢고 우울하고 침통한 심정이 되어 까페 향수를 빠져나오고 있었다. 밖은 이미 짧은 겨울해가 지고 어스름이 깔려 가고 있었다.

언제던가 극장 앞에서 여자를 미행하던 때처럼 원형의 집으로 여자를 찾아갔다. 여자는 집에 있었다. 원형의 집 안에서 여자를 보고서야 나는 내가 헛되이 여자를 기다리고 있었다는 사실을 깨달았다.

여자가 문을 열어 주었고 미안하다고 사과를 했다. 여자에 대한 화를 애써 참았다. 정원을 가로질러 현관을 지나 거실에 들어섰을 때 나는 거실 탁자 위에 차려진 그 화려한 음식들을 보고 말았다. 차려놓은 음식을 보는 순간 나는 여자가 애초부터 나를 만나러 향수에 나올 생각이 아니었음을 알았다.

도대체 나는 어떤 근거에서 여자가 향수에 나오리라는 자신을 한 걸까. 내가 장장 세 시간 반 동안이나 향수에서 여자를 기다린 건 나름대로 오기가 발동해서이기는 하지만 그건 기다린 시간의 끝의 얼마간 뿐이고 강렬하지도 않았다. 여자가 꼭 나올 거라는 확신이 없었다면 나는 진작에 향수를 빠져나왔을 일이었다.

　마치 여자는 그녀 자신이 생일을 맞이한 사람과도 같아 보였다. 말이 많았고 몇 번인가 자제력을 상실한 듯한 웃음을 웃기까지 했다. 나는 여자가 그처럼 웃는 걸 처음 보았다. 원시적이었다고 할까, 동물성이 짙게 배어 있는 웃음이었다. 마치 짐승의 울부짖음 소리 같았다. 언젠가 내가 원형의 집 안에서 들었던 그 짐승의 울부짖음 소리를, 작지만 닮아 있었다. 여자의 웃음소리를 듣고 놀랐다. 그러나 나는 곧 익숙해졌고 신경을 쓰지 않으려고 했다. 너무 오랫동안 혼자 격리된 채 살아오고 있었으므로 여자가 사회적으로 웃는 방식을 체득하고 있지 못하다고 해서 놀라울 건 없는 일이었다. 여자는 탱커라는 애완동물과 함께 살고 있었고 사람이란 누구나 함께 살고 있는 대상과 닮아가게 마련이었다.

　"민우씨는 한 번도 남들의 생일축하를 받아 본 적이 없다고 했잖아요. 저도 마찬가지예요. 늘 혼자였거든요. 그래서 생일날은 다른 날보다 더 슬프곤 했어요. 하지만 이런 생일이라면, 이런 생일이라면 말예요, 결코 슬프지 않겠지요."

　나는 고개를 끄덕였다.

"나도 이번 내 생일은 누군가의 축하를 받으면서 보내고 싶어졌어요."

"생일이 언제지요?"

"칠월 십삼일요."

"기억해 두겠습니다."

나는 여자의 생일을 기억해 두겠다고 하였는데, 빈 말이 아니었다. 여자의 말을 듣는 순간 나는 여자의 생일을 두고두고 기억하게 될 거라는 걸 예감하고 있었다. 왜냐하면 여자의 생일이 나의 생일 바로 다음날이었기 때문이었다. 나의 생일은 7월 12일이었고, 나와 여자의 생일은 공교롭게도 하루를 상관으로 서로 겹치고 있었다.

즐거운 여자와는 달리 나는 즐겁지 않았다. 시간이 지날수록 나는 기분이 더욱 엉망이 되어 갔다. 나를 위해 마련된 자리였고 내가 주인공인 자리였지만 나는 주인공처럼 행동하지 않았다. 이 자리가 나를 위해 마련된 자리처럼 여겨지지도 않았다. 사실 나의 생일은 오늘이 아니므로 이 자리는 나의 자리가 아니었다. 이 자리는 오늘, 3월 7일에 생일을 맞이한 다른 누군가가 있어야 할 자리였다. 나를 위한 자리는 여기에 있지 않았다. 그건 까페 향수에 있었고 나의 집에 있었고 여자가 원형의 집 밖으로 빠져나오는 데에 있었다.

꽤 많은 술을 마셨다. 여자는 축하주로 샴페인 반 잔을 먹은 걸로 그만이었으므로 준비한 술은 내가 혼자 다 먹은 것이었다. 그러나 나는 술에 취하지 않았다. 취하기는커녕, 잡동사니로 가득한 나의 머릿속이 맑은 공기로 말끔하게 세척이 된 듯한 기분이었다. 술을 먹는데 정신이 오히려 말짱해지고 맑아진다는 건 엿 같은 경우였다.

"탱커라고 했나요. 혜정씨가 애완동물로 키운다는 곰 말입니다."

나는 여자에게 불쑥 물었다. 여자가 키우는 그 애완동물을 한 번 보고 싶었다.

여자는 여전히 기분이 들뜬 상태였다. 네라고 대답을 하는 여자의 목소리가 경쾌했다. 내가 탱커라는 곰을 볼 수 없겠느냐고 묻기 전까지는.

"탱커를 한 번 볼 수 없을까요. 북극에서 온 곰이라니 어떻게 생겼는지 아주 궁금해요."

나의 말이 입술을 빠져나와 공기를 타고 흘러들어가기 시작한 것과 동시였다. 여자의 움직임이 한순간 정지한다 싶었고, 다시 움직이게 되었을 때는 여자는 방금 전의 여자가 아니었다. 화색이 돌던 여자의 얼굴이 분가루처럼 다시 하얗게 변색되었고 얼굴이 굳었다. 창백한 하얀 얼굴에 말이 없는 여자를 다시 대하고서야 나는 여자에게는 그런 모습이 어울린다는 생각이 들었다. 방금 전 같은 들뜬 여자의 모습은 어울리지 않았고 아무래도 위태위태해 보였다.

여자는 입을 다문 채 한동안 말이 없었다. 여자가 다시 입을 열었을 때 여자의 대답은 나의 질문과는 상관이 없는 대답이었다.

"이젠 돌아가야 할 시간 같네요. 너무 늦었잖아요."

시계를 보았다. 밤 열한 시 반. 여자의 말처럼 늦은 시간이었고 집으로 돌아가야 할 시간이었다.

나는 자리에서 일어났다. 탱커를 보고 싶었지만 고집하지 않았다. 여자는 그녀가 기른다는 탱커를 보여 주고 싶어하지 않는 눈치였다. 여자가 보여 주고 싶어하지 않는데 굳이 보여 달라고 조르고 싶지 않았다. 여자가 그녀의 탱커를 보여 주고 싶어하지 않는 이유는 모호하지 않았다. 여자는 탱커라는 곰이 그녀의 애완동물이라고 하지만 실은 그 관계는 애완동물 이상의 관계일 것이었다. 추측컨대 탱커는 이미 그녀의 통제범위를 벗어나 있는 것 같았다. 그렇지 않다면 나의 사소한 요구에 여자의 태도가 왜 그렇게 갑자기 돌변한단 말인가. 애완동물이란 사랑스런 것이고 남한테 보여 주고 자랑하고 싶어지는 걸 텐데.

여자가 흔쾌히 그녀의 곰을 보여 주겠노라고 하였다면 나는 오히려 당황하였을지도 몰랐다. 나는 여자가 하라는 대로 군말

없이 원형의 집 밖으로 나왔다. 나는 미련이 없었고 여자가 보인 태도에 불만이 없었다. 여자가 이만 돌아가기를 바랐지만 여자가 바라지 않았더라도 나는 그만 돌아갈 참이었다. 더 오래 원형의 집에 머문다고 해서 나한테 득이 될 일은 아무것도 없었다. 비록 오늘이 아주 특별한 날이라 하더라도.

나는 여자와 섹스를 하고 싶어하는 나의 욕망을 이루지 못한 채 원형의 집을 나왔다. 여자와 섹스를 하기 위해서 여자를 원형의 집 밖으로 끌어내야 했는데, 나는 여자를 원형의 집 밖으로 끌어내는 데 실패했다. 아주 특별한 날 ─ 나는 아니었다 하더라도 여자는 그처럼 믿고 있었던 ─ 그 특별한 날에도 나는 실패했다. 아주 특별한 날 여자를 원형의 집 밖으로 끌어내는 데 실패하였으므로 특별하지 않은 날 그렇게 하기는 더욱 어려울 일이었다. 집을 나올 이유가 있는데도 나오지 않은 여자가 별 이유가 없는데 원형의 집 밖으로 나올 리가 없었다. 여자는 마치 원형의 집 바깥에 그녀를 기다리는 더 넓은 세상이 존재한다는 사실을 잊었거나 잊기로 한 사람 같았다.

여자를 탓하지는 않았다. 여자가 원형의 집 바깥으로 나오지 못하는 건 여자의 잘못은 아니었다. 더위었다. 영하 십도를 밑도는 추운 날씨에도 여자는 더위를 탔다. 세상의 모든 것들이 꽁꽁 얼어붙는 추운 날씨에도 땀을 흘렸고, 그것도 그냥 흘린 정도가 아니라 비오듯이 흘렀다. 천조각 한 장 그녀의 몸에 와 닿는 것이 짜증스럽고 거추장스러운 여자였다. 영하 십도를 밑도는 추운 날씨에도 여자는 난로를 떼지 않았을 뿐만 아니라 옷조차 입지를 않았다. 옷을 입는다면 얇은 여름옷이 고작이었다. 그런 여자였다. 바깥세상이 마치 사막처럼 뜨겁게 이글거렸기 때문에 여자는 집 밖으로 나올 수가 없었던 것이다.

단모리

    요가 의심한 대로 웅녀의 신시에서 뿜어져 나오던 그 빛줄기는 환웅이 천상계에서 다시 지상계로 내려온 때문이 아니었다. 천부인 삼인 가운데의 하나인 거울에서 뿜어져 나오던 빛이었던 것이었다. 그 거울은 원래 환웅이 지상계를 다스림에 사용하였던 방편이었었다. 환웅의 치세에 상서로운 서기와 밝은 빛줄기가 끊이지 않고 환웅의 나라를 감돌았던 게 바로 환웅이 다스림에 사용한 방편이 천부인 삼인 가운데에 거울인 까닭이었다.
    웅녀가 다스림의 방편으로 사용했던 깃은 피리였다. 웅녀가 환웅이 다스림의 방편으로 사용하던 거울을 제껴 두고 피리를 그 방편으로 사용하였던 것은, 능히 거울을 사용할 만한 도가

웅녀에게 미처 없었기 때문이었다. 웅녀가 다스림의 방편으로 삼은 것은 피리였고, 따라서 예도藝道에 의한 다스림이랄 수 있었고, 환웅의 다스림의 방편은 거울이었는데 이는 무위지위無爲之爲 즉, 다스림 없는 다스림으로 최상도의 다스림이었다. 웅녀는 그 최상도의 다스림을 펼칠 만큼의 깨달음은 없었기 때문에 그보다 한차원 낮은 예도에 의한 즉, 피리를 통한 다스림을 펼치고 있었던 것이었다.

다스림에 거울을 방편으로 사용하는 환웅의 다스림의 도리가 춘추전국시대의 백가쟁명시대에 노자에게로 이어져 '도가도 비상도道可道 非常道 명가명 비상명名可名 非常名'이라는 오묘함의 도리가 되고, 다스림의 방편에 피리를 사용하는 웅녀의 다스림의 도리는 마찬가지로 백가쟁명의 시대에 이르러 술이부작述而不作하고 예도를 중시하는 공자의 도로 이어지게 되었다. 그리고 한비자를 중심으로 하는 법가法家가 있었는데, 이는 천부인 삼인 가운데의 하나인 칼을 방편으로 삼는 다스림의 도리를 이어받은 무리였다. 법가들 가운데 어떤 부류들은 웅녀가 미노타우로스의 미로보다 더욱 복잡한 미로 속에 감추어 놓은 칼을 찾기 위하여 한평생을 미로 속을 뒤지고 살피고 다니다가 생을 마치거나 그 미로 속에 갇혀 생사가 묘연해지거나 하기도 했다. 그러나 여지껏, 법가들이 칼에 의한 다스림을 옹호하고 있기는 하지만 웅녀가 숨겨 놓은 칼을 찾았다는 소식은 들려오지 않는다.

　웅녀가 환웅의 거울을 사용한 것은 어쩔 수가 없는 일이었었다. 그렇게 하지 않으면 환웅 나라의 백성들이 포악한 요가 이끄는 한의 무리에게 도륙을 당하고 상처를 받을 절체절명의 순간이었으니까. 그녀의 피리가 귀머거리가 된 한의 무리에게 유명무실해진 이상 웅녀는 다른 선택의 여지가 없던 것이었다. 웅녀로서는 어쩔 수 없었던 거울에의 의존이, 헌데, 웅녀를 상케 했다. 거울은 신물이어서 이를 사용할 도리를 깨친 자가 사용하면 모를까 그렇지 못한 자가 사용하면, 그 거울을 사용한 자가 상해를 입게 되어 있었다. 마치 몸에 맞지 않은 옷을 입으면 옷이 찢어지거나 헐렁하여 볼품없거나 하는 이치와 같은 이치였다. 웅녀는 거울을 사용하여 요가 이끄는 한의 무리를 물리치고 환웅 나라의 백성들을 구해 내기는 하였지만, 그때 이후로 서서히 병이 들어가기 시작했다. 웅녀의 기운보다 더 크고 강력한 거울의 기운이 웅녀를 잠식해 들어오는 탓이었다. 말하자면, 일종의 주화입마였다. 주화입마의 과정은 단시간에 일어나고 끝나고 마는 게 아니고 서서히 진행되어 나가는 일이어서 처음에는 웅녀 당자를 제외한 그 누구도 웅녀의 주화입마 상태를 알지 못하였다. 웅녀조차도 그녀의 컨디션이 좋거나 할 때면 문득문득, 그녀가 주화입마되어 그 과정을 밟고 있다는 사실을 잊을 정도었다. 그러나 시간이 흐르면서 웅녀의 주화입마 과정은 차츰차츰 밖으로 드러나게 되고, 웅녀가 주화입마되었음을 눈치채는 사람들이 생겨나기 시작했다. 웅녀의 가장 측근이요 믿을 만한 보좌들이었던 풍백, 우사, 운사가 가장 먼저 그와 같은 사정을 눈치채었다.

그들 세 사람 사이에서도 그 사실을 눈치채는 시기에 약간의 차이들이 있었는데, 풍백이 가장 빨리 그리고 운사, 우사의 순이었는데, 사실 그 차이란 별 것이라고 할 수 없었다. 하여간 풍백, 우사, 운사는 웅녀가 주화입마되었다는 사실을 눈치채고는 가슴을 쳤고, 걱정을 했고, 나을 방도에 대하여 고민하기 시작했다. 그러나 주화입마된 웅녀를 생각하고 누구보다도 걱정하고 고민한 것은 웅녀 자신이었다. 웅녀는, 자신이 시시각각 주화입마되어 폐인이 되기 전에 모든 일이 마무리되고 정리되어야 한다고 생각했다. 마무리되고 정리되어야 할 모든 일이란 섭정으로서의 그녀의 일이었다. 그러자면 환웅과 그녀 사이에 태어난 단군의 성숙과 성장이 무엇보다 필요했는데, 웅녀는 단군의 성장과 성숙이 빨리 이루어지기를 바랐다.

그러나 단군은 태어날 때 그랬던 것처럼 성장하는 데에 있어서도 일반적인 아이들보다 느리고 더뎠다. 그리고 단군은 늘 현실과는 동떨어진 붕 뜬 듯한, 꿈꾸는 듯한 모습을 지니고 있었고, 실제 행동 역시 그러했다. 단군이 언제 철이 들지는 정말이지 장담하기 어려운 일이었다. 웅녀는 단군을 생각하면 늘 가슴이 아팠는데, 그녀가 주화입마된 것보다 더 가슴이 아팠는데, 그래서 단군을 불러다 놓고 세상 돌아가는 이치를 설명해 주면서 단군의 성장을 돕고 촉구하고는 했다.

그러나 단군은 도무지 웅녀의 타이름을 귀담아 들어본 적이 없었다. 웅녀의 근심은 주화입마되어 가는 그녀 자신에 대해서라기보다는 정작 그 단군이 철이 나기도 전에 그녀가 폐인이 되어 다스림의 무거운 직책을 철이 없는 단군에게 넘겨주고 떠나야 하는 경우가 도래할까, 그것에 대해서였다.

단군은 웅녀의 뱃속에서 나올 때 인간의 갓난아기로 나온 것이 아니라 알로 나왔었다. 알을 깨고 나오는 데 21주를 또 소요해야 했다. 월 수로 따지면 오개월이었다. 그러니까 정확히 따지자면 단군이 인간의 아기로 태어난 것은 다른 아이들에 비하자면, 오개월이 뒤늦은 셈이었다.

오해가 있었다. 단군이 인간의 자식이 아니라 날짐승, 그중에서도 하늘을 활동무대로 하는 새들의 자식이라는 오해였다. 그 오해의 근거로 웅녀의 전력을 문제 삼았다. 인간의 몸을 받기 전, 웅녀의 근본은 곰이라는 것이었다. 곰과 알이 무슨 상관이

냐고 하면, 곰이 인간이 되고 인간이 곰이 되고 마구 왔다리갔다리 하니까 웅녀가 알을 낳기도 하는 게 아니냐고 했다. 전혀 일리가 없지만은 않은 얘기였다. 그러나 사실은 아니었다. 21주째가 되는 날 단군이 인간의 갓난아기의 몸을 하고 알을 깨고 나오자 모든 오해가 풀렸다. 오해가 있었던 그만큼, 그 반대급부였다고나 할까, 이번에는 단군에 대한 찬양의 말들이 비등했다. 신비로운 탄생이라고 했다. 대왕으로서의 내일을 기약하는 탄생이라고 했다. 엄마의 자궁 속과 커다란 알 모두를 섭렵하고 나온 터이므로 명실상부한 만물의 영장이라고도 했다. 그 찬사들이 맞을지 안 맞을지는 두고 보아야 할 일이지만, 단군에 대한 오해가 풀린 것은 다행스러운 일이었다. 단군의 신비로운 탄생을 기리기 위해서 누가 먼저랄 것도 없이 자연스럽게 단군에게 제이의 이름이 붙여졌다. '늦게 나온 자'가 그것으로 단군이라는 이름보다 사람들은, 일반 백성들은 '늦게 나온 자'라는 제이의 이름으로 단군을 지칭하기를 더 좋아했다.

  단군은 그의 또 다른 이름, '늦게 나온 자'라는 이름에 걸맞게 모든 게 늦었다. 걷거나 말을 시작하는 것도 그랬고, 문자를 터득하는 데에도 또래의 아이들보다 뒤졌고 활쏘기와 말타기, 칼쓰기에 있어서도 아무리 가르쳐도 별 진전이 없었다. 매사에 그래서 웅녀는 걱정이었다. 활쏘기와 말타기와 칼쓰기는, 원래 웅

녀는 무기를 다루는 일은 바람직스럽게 여기지 않는 터여서 진척이 없는 데에 별 걱정을 하지 않았지만, 단군이 문자체계를 터득하는 데에 지지부진한 건 무엇보다도 걱정했다. 단군의 머리를 의심스럽게 하는 일이어서였다. 단군의 그 매사에 더딤이 웅녀를 초조하게 만들었다. 단군이 더디면 더딜수록 그 반대로 웅녀는 서둘렀다.

웅녀는 주화입마된 그녀가 죽고, 아직 세상 이치를 모르는 단군이 왕위에 오른다 하더라도, 아무 문제가 발생하지 않게끔 제도적 장치들을 마련하려고 했다. 잘 짜여진 다스림의 제도가 아직 세상 이치를 모르는 단군을 보호하기를 바랐던 것이었다. 웅녀가 바란 것이 있다면 천부인 삼인 가운데의 하나인 피리를 단군이 자유자재로 사용할 수 있도록 훈련시키는 것이었다. 그러면 굳이 거추장스러운 다스림의 제도를 마련하고 그 제도에 의존하여 다스리고 하여야 할 필요가 없었다. 그러나 웅녀는 그럴 수가 없었는데, 단군은 준비가 되어 있지 않았고, 준비가 되어 있지도 않은 단군에게 피리 부는 법을 가르쳤다가는 그녀가 지금 주화입마되어 있는 것처럼 주화입마될 우려가 있었기 때문이었다. 웅녀는 거추장스러운 제도들을 마련하는 수밖에 없었고, 그것도 서둘러서 마련하지 않으면 안 될 입장이었다.

웅녀는 생生, 로老, 병病, 사死, 곡穀, 형刑, 사司, 주住라는 인생의 네 가지 큰 일을 다스리기 위하여 여덟 개의 부처를 만들었다. 여덟 개 부처의 장들을 각각 생가, 로가, 병가, 사가, 곡가, 형가, 사법가, 주가라 불렀고, 그 여덟 개 부처를 총괄하는 상위의 기관으로 삼신회의를 두고 그 삼신회의와 여덟 개 부처의 장이 정책회의를 통하여 나라의 중요사를 결정토록 했다. 삼신회의는 풍백, 우사, 운사로 하여금 맡도록 하였고, 삼신회의의 장은 세 사람이 2년 단위로 번차례로 돌아가면서 맞도록 하였다. 그리고 웅녀는 나라의 백성들을 올바로 인도하기 위하여 여덟 개의 금법 즉, 해서는 안 될 법을 제정하여 반포했다. 팔조금법이라 불리게 되는 이것의 내용을 보면, 살상하지 말 것, 남에게 상해를 입히지 말 것, 도적질하지 말 것, 종족들 간에 다투지 말 것, 저주의 말을 내어뱉지 말 것, 침을 함부로 뱉지 말 것, 남의 주인도 남의 노예도 되지 말 것, 불을 가지고 장난하지 말 것, 칼, 활, 창 등 모든 무기는 평시에는 사死가의 창고에 맡겨둘 것이었다. 여덟 개의 금하는 법과 함께 이를 어겼을 때의 벌칙에 대하여서도 마련을 해놓았는데, 벌칙은 뜻밖에도 매우 엄했다. 체벌이나 감금을 주로 하는 신체형은 별로 없었지만, 추방령이 있었기 때문이었다. 환웅의 나라 백성들에게 한웅의 니리로부터의 추방은 씻을 수 없는, 그 무엇보다도 큰 벌칙이었다. 그래서 그 팔조금법을 어기는 백성들은 눈을 씻고 찾아야 찾을까 말까

할 정도였고, 사실상 그 법령은 유명무실했다.

　그러나 간혹, 그 여덟 개의 법령을 어기는 백성들이 전혀 없지는 않았다. 여덟 개의 금지 조목 하나하나를, 하나도 빼놓지 않고 다 어기는 백성들도 항간에는 있었다. 그런 백성은 참 얄미운 백성들이었는데, 아무리 보아도 일부러 금법을 어긴다고 밖에는 보여지지 않기 때문이었다. 인간 족속과 호랑이 족속 가운데에서 그 금법을 어기는 범법자들이 나오고는 했었다. 인간 족속들은 원래 이래라면 저러고 저래라면 이러는 삐딱한 구석이 있고 만물의 영장이라고 스스로를 생각하는 자만심이 있어, 그 자만심에 넘어져 범죄를 저지르는 수가 종종 있었고, 호랑이 족속들은 인내심이 없는 탓에 범죄의 유혹에 곧잘 넘어가는 것이었다. 금법을 어긴 백성들은, 만물의 영장이라는 착각에 빠진 인간이든 호랑이이든 가차없이 추방되었다. 그때서야 질질 짜면서 빌고 애걸복걸해도 소용 없었다. 어느 나라든 국법은 지엄한 것이었고, 웅녀가 세운 환웅의 나라 국법 역시도 지엄했다. 거기에는 한치의 예외도 있을 수 없었다.

　그러나 사실상 웅녀가 마련한 제도와 법령들은 웅녀의 치세기간 동안에는 제대로 시행되었다고 하기 어려웠다. 그 제도나 법령들이 현실적합성이 없었기 때문이 아니라, 나중에 밝혀지는 바이지만 그것은 나라에 놀랍도록 유용하고도 적합한 법령이었는데, 단지 시행을 강제할 필요성을 별로 느끼지 못한 탓이었다. 웅녀가 그 제도와 법령들을 만들고 정비한 취지가 그녀 치세 기간 동안을 위해서가 아니라 그녀의 다음 치세자, 단군을 위하여 만들고 정비한 것이었으므로, 당연한 일이었다. 웅녀에게는 천부인 삼인 가운데의 하나인 피리가 있었고, 피리가 있는 한 웅녀에게는 다른 치세의 수단이나 방편이 필요 없던 것이었다. 피리는 천상계에서 온 것이었고, 그 소리 속에는 다스림의 모든 제도와 법령 즉 원리와 방편들이 집약되어 있는 것이었으니까.

헌데, 웅녀가 나라의 제도와 법령을 정비하고 나서 그 금법을 가장 먼저 어긴 사람은, 순이었다. 순은 원래가 한의 무리 가운데 속해 있다가 요와 알력이 생겨 환웅의 나라로 넘어온 인물로, 그래서 그 성정이 환웅의 나라 백성들처럼 순정하지를 못했다. 웅녀의 금법을 어긴 최초의 범죄자가 순이 된 것은 당연한 바가 있는 일이었는데, 실상 순은 추방이라는 벌칙에 대해서도 그다지 대수롭게 여기지 않고 있었다. 왜냐하면 그는 원래가 이 방의 인물이었기 때문이었다 .

순은 웅녀가 제정한 여덟 개의 금법 중 두 기지를 범하였다. 살상하지 말라는 것과 도적질하지 말라는 것이었는데, 스스럼없이 사냥을 나가 꿩과 사슴과 토끼를 잡아옴으로써 살상의 죄를 범하였고, 곡부의 장인 곡가의 아내를 범함으로써 남의 아내를 도적질한 도적질의 죄를 범하였다. 곡가의 아내를 범한 일에 대해서는 의견이 분분한 바가 있긴 했다. 순이 일방적으로 곡가의 아내를 취하였다면 모르지만 곡가의 아내 역시 순에게 반해 둘이 눈이 맞아 정을 통한 경우인데, 이를 도적질로 보기 어렵다는 의견도 만만치가 않았던 것이었다. 그러나 어쨌거나 순에 대한 최종 판결은 여덟 개의 금법 가운데 두 개를 어겼다는 것이었다. 곡가의 아내를 취한 것을 도적질로 보지 않는다 하더라도, 모든 무기는 전시가 아닌 경우 사死부의 창고에 맡겨두어야 한다는 금법을 어겼기 때문이었다. 물론 그에 대한 벌칙은 마을 넓은마당에서의 공개사과이고 추방령은 아니지만, 금법을 어겼다는 점은 분명한 것이었다. 이로써 순은 환웅의 나라로부터의 추방 위기에 놓이게 되었다.

그에 대한 최종 판결이 있던 전날 순은 그의 사람을 몰래 한의 무리 가운데의 요에게로 보내었다. 환웅의 나라로부터 추방될 것을 안 순이 스스로의 살 길을 찾아 나선 것이었다. 순은 그의 사람을 통하여 요에게 제안을 했다. 그가 환웅의 나라의 두 가지 보물을 갖고 갈 테니 그를 요의 측근으로 들이라는 것이었다. 순은 환웅의 나라의 두 가지 보물에 대해서는 그의 사람에게 알려 주지 않았는데, 요는 그 점을 궁금히 여겼고, 그래서 순의 사람을 다시 순에게로 보내었다. 환웅의 나라의 두 가지 보물이라고 하는데 그 두 가지 보물이 무엇인지 소상히 알아가지고 오라는 것이었다. 순은, 환웅의 나라의 두 가지 보물이란 환웅이 천상에서 내려올 때 가지고 온 거울과 피리라고 그의 사람에게 알려서, 다시 요에게로 보내었다. 환웅의 나라의 두 가지 보물이 무엇인지 순의 사람에게서 들은 요는, 가슴이 뛰었다. 거울이라고 하는데 거울에 대해서는 잘 모르겠으나 피리에 대해서는 분명한 감이 잡혀오기 때문이었다. 그가 환웅의 나라를 쳐들어갔을 때 들려오던 그 피리 소리, 그 피리 소리를 내는 피리인 게 틀림없었다. 요는 순의 제안을 받아들였다. 순이 진짜 환웅의 나라의 보물 두 개를 가지고 귀환해 온다면, 순이 비록 그의 말을 안 들었던 것이긴 하지만 받아들이지 못할 것도, 그의 측근에 놓아두지 못할 것도 없었다. 그의 밑으로 들어와서도 여전히 그의 말을 듣지 않는다면 그때 가서 제거해도 후회될 일 같은 건 없을 것이었다.

그의 제안을 받아들인다는 전갈을 갖고 온 자신의 사람의 이야기를 듣고 난 순은 그날밤으로 그의 계획을 실행에 옮겼다. 그의 무리 가운데 날랜 놈 다섯 놈을 추려 웅녀의 보물창고로 가 보물창고 깊숙이 감추어 둔 거울과 피리를 훔쳐 냈다. 웅녀의 보물창고는, 웅녀가 환웅의 나라 백성들을 믿어 늘 자물쇠가 채워져 있지 않았다. 실상 웅녀의 믿음은 여지껏 한 번도 배반당하지 않아 자물쇠가 채워져 있지 않음에도 보물창고의 그 수많은 보물 가운데의 어느 것 하나도 없어진 적이 없었다. 순의 도적행위가 웅녀의 보물창고가 있어온 이래 처음 일어나는 도난사건이었다. 순은 요와 약속한 거울과 피리만을 훔친 것이 아니었다. 금은보화도 훔쳤다. 거울과 피리는 요에게 갖다 바치고 금은보화로는 잘 먹고 잘 살기 위해서였다. 이로써 순은 여덟 개 금법 중의 하나인 '도적질하지 말라.'는 금법을 진짜로 어긴 것이었다.

 거울과 피리와 금은보화를 훔친 순은 준비해 둔 말을 타고 그의 무리 열두 명을 이끌고, 추방당하기 전에 스스로 환웅의 나라를 떠났다. 열흘 낮밤을 쉬지 않고 말을 달려 드디어 환웅의 나라의 국경에 당도했고, 국경을 넘었다. 국경을 넘으면, 요가 이끄는 한의 무리의 땅이었다. 순이 열흘 낮밤을 쉬지 않고 달려 국경을 넘어가는 동안 순을 쫓는 웅녀의 부하들은 없었다. 웅녀는 순이 환웅의 거울과 피리를 갖고 도망갔다는 걸 알고 있었지만 그러면서도 거울과 피리를 되찾아오기 위하여 사람을 보내지 않았는데, 환웅의 목소리가 그녀의 귓가에 들려온 탓이었다. 환웅이 그녀의 귓가에 대고 속삭이기를, "순을 쫓지 말라." 하였던 것이었다. 웅녀는 그 이유에 대하여서도 듣고 싶었지만 환웅은 그 이유에 대해서는 설명해 주지 않았다. 그 때문에 웅녀는 한동안 고민에 빠져 있어야 했는데, 오래 지속된 고민은 아니었다. 웅녀는 환웅의 뜻을 헤아릴 수가 있었는데, 거울과 피리는 신물이어서 누구의 손에 들어가든 굳이 좇을 필요가 없다는 것이었다. 거울과 피리를 온전히 사용할 줄 안다면 그 사람은 이미 도를 깨쳐 신인에 가까울 테고, 온전히 사용할 줄 모른다면 스스로 생명을 그르치고 주화입마되어 삶을 지속치 못할 것이었다. 그러므로 거울과 피리를 찾기 위하여 굳이 사람을 보낼 필요가 없는 일이었다.

 순은 요로부터 대대적인 환영을 받았다. 환웅의 나라의 두 가지 보물을 갖고 왔으므로 요가 순을 환영하는 것은, 비록 한때 순이 그의 말을 듣지 않았다 하더라도, 당연한 바가 있는 일이었다. 요는 순을 위해 대대적인 만찬을 베풀었는데, 그것은 진짜 대대적인 만찬이어서 삼일 낮밤 동안 계속되었는데, 그 만찬에서 거울과 피리의 비밀이 한의 무리에게 백일하에 드러났다. 한의 무리는 그 거울과 피리에 당해 환웅의 나라에 대한 그들의 대대적인 침략이 수포로 돌아간 경험을 지니고 있는 터라, 두 신물의 비밀을 알고는, 그리고 그것들이 그들 수중에 들어온 것을 알고는 크게 기뻐하였다. 그 기쁨 가운데 이제 거울과 피리가 없는 환웅의 나라를 우습게 보려 하는 목소리들이 터져나왔다. 다시 한 번 웅녀가 다스리는 환웅의 나라를 침공하자는 것이었다. 그래서 이 지상에서 환웅의 나라를 영원히 없애 버리자는 것이었다. 누군가의 입에서 그 의견이 나왔을 때 연회에 모인 모든 사람들이 한결같이 그 의견에 찬성을 표시했다.

요가 말했다.

"좋은 생각이오. 나는 늘 그와 같은 생각을 지니고 있었소. 다만 다시 또 치욕의 날을 맞는 일이 없도록 신중을 기하고 있었던 것뿐이오. 이제 때가 무르익은 것 같소. 다시 한 번 떨치고 일어나 환웅의 나라를 우리의 발아래 둘 그때가 말이오. 이번에는 틀림없이 나는 여러분과 더불어 환웅의 나라를 멸망시키고 말 것을 여러분에게 약속하오. 그리고 환웅의 나라의 섭정인 웅녀를 잡아들여 원래 곰이었던 그녀를 다시 곰처럼 살도록 곰 사육사에게 넘겨주어 버리겠소."

요의 말이 끝나자 대연회에 모인 사람들의 입에서 일제히 함성이 터져나왔다. 요의 이름을 부르면서 앉아 있는 사람은 손을 서 있는 사람은 발을 사용해, 손을 사용하는 사람은 박자를 발을 사용하는 사람은 바닥을 '쿵쿵' 쳤다. 그 소리가 가히 천둥소리를 능가할 만큼 요란스러웠는데, 요는 다시 한마디 하지 않을 수 없었다. 요는 양팔을 벌려 대연회에 모인 사람들을 진정시켰고, 그리고 말했다.

"앞으로 석 달 후 나는 나의 군사를 이끌고 환웅의 나라를 쳐들어갈 것이오. 꼭 석 달 후 달이 하늘에서 사라지면, 그때 나의 군사와 나는 이미 환웅의 나라 신시에 가 있을 것이오. 나와 나의 군사들의 이름을 걸고 여러분에게 약속하오."

또 한차례 연회장에 모인 군중들의 함성이 일제히 터져나왔으나, 이번에 군중들을 가라앉힌 것은 요가 아니라 순이었다. 자리에서 일어난 순이 또 양팔을 들어 군중들을 진정시켰고, 그리고 말했다.

"거울과 피리가 없는 환웅의 나라는 종이 호랑이에 불과하오. 종이 호랑이란 껍데기에 지나지 않지요. 그리고 환웅의 나라는 웃기게도 평화를 사랑한답시고 무기가 없소. 모든 무기를 사가라는 죽음을 관리하는 부서의 창고에 처박아 두고 있소. 환웅의 나라에 전사란 없소. 온갖 날짐승과 새들과 물고기들이 웅녀의 부림을 받고 웅녀의 명을 따라 움직인다는 점만이 마음에 걸리는 점이긴 하지만, 그 또한 이제 크게 염려할 일은 아니라고 보이오. 거울과 피리가 우리에게 있으니까 말이오. 이 거울과 피리를 우리가 사용할 줄만 알게 된다면, 웅녀의 부림을 따르는 온갖 동물들을, 웅녀의 부림을 끊고 우리 편으로 돌이켜 올 수가 있소. 그러니 전쟁의 승리는 우리 한의 무리의 것임이 확실한 것이오. 거울과 피리의 사용법을 숙지하는 데 삼개월이면 딱

알맞을 것이오. 그러므로 삼개월 후 군사를 일으키겠다는 요 족장의 복안은 참으로 미래를 내다보는 탁월한 것이라 아니할 수 없을 것이오. 나는 요 족장의 미래를 꿰뚫어 보는 혜안에 깊이 고개 숙여 최고의 존경의 뜻을 표하는 바이오."

순의 말에도 요의 때처럼 크지는 않지만 함성이 터져나왔다. 그런데 함성소리를 뚫고 우람한 한 목소리가 연회장 안에 울려 퍼졌다.

"순, 당신은 한때 우리 한의 무리를 버리고 환웅의 나라에 귀화하지 않았소. 지금에 와서 다시 우리 한의 무리로 돌아온 이유가 무엇이오. 나는 정히 당신이 다시 돌아온 이유를 밝히 듣지 않고는 당신에 대한 의심을 풀 길이 없소."

그 목소리는 도전적이었고, 그 소리를 듣는 순은 기분이 나빠졌다. 그러나 순은 여전히 태연자약한 표정을 가장하고 말했다.

"좋은 질문이오. 나 또한 그 점을 여러분들에게 명쾌히 하고 싶었는데, 여러분 중의 한 명이 그와 같은 질문을 던져 주니 아주 다행스럽게 여기는 바이오. 여러분은 내가 우리 한의 무리를 배신하고 환웅의 나라로 귀화한 줄로 알고 있지만, 얼핏 보기에 그럴 뿐 그건 사실이 아니오. 나는 한 번도 나와 같은 종족인 여러분, 한의 무리를 배반한 적이 없소. 요 족장과 의견 충돌이 있어 갈등을 겪었던 것은 사실이오. 그러나 그것은 어디까지나 사사로운 것이었고, 그런 사사로운 감정 때문에 내 부족을 배반할 나 순이 아니오. 나는 공을 세우고 싶었던 거요, 그것도 결정적인 공 말이오. 그렇게 해야만 나와의 갈등으로 인해 심기가 불편해진 요 족장의 심사가 펴지리라는 생각이었던 거요. 그래서 나는 우리 모두의 오해를 사면서까지 환웅의 나라의 국경을 넘어 거짓 귀화해 들어갔던 거요. 이제 보면 알겠지만, 내 말과 내 행동이 일치함을 지금 여러분은 보실 거요. 이게 바로 내가 우리 한의 무리를 배반하지 않았다는 증거요."

순은 요의 곁에 놓인 거울과 피리를 가리켜 보이면서 말했고, 순의 얘기는 충분한 설득력이 있었다. 연회장에 모인 모든 사람들이 순의 얘기에 감동을 받았고, 순에게 질문을 던진 당사자도 마찬가지였다. 순의 얘기가 끝나자, 박수소리가 터져나왔다. 아무도, 요를 제외하고는, 순의 불순한 의도를 눈치채는 사람들이 없었다. 순의 충심만을 보았을 뿐이었다. 요는 순이 한의 무리에게 크게 환영받는 게 못마땅하였지만, 환웅의 나라의 두 가지 신물을 갖고 돌아온 순에게 그의 그와 같은 감정을 노골적으로 드러낼 수는 없었다. 순의 의도야 어떻든 순이 공을 세운 것만은 틀림없는 일이었으니까.

요가 다시 한 번 자리에서 일어났다. 그리고는 외쳤다. 순의 충심을 위해 건배를 들자고.

요는 연회에서 그의 부하들과 신민들에게 한 약속을 지켰다. 연회가 있은 지 꼭 삼개월 후 군사를 일으켰다. 물론 환웅의 나라를 침략하기 위한 군사였다.

요는 이번 전쟁에 훔쳐 온 거울과 피리를 사용할 작정이었다. 그를 위해 지난 삼개월 간 그 사용법에 대한 집중 훈련을 했다. 삼개월이 지난 지금 요는 완벽하게 마스터했다고는 할 수 없지만 어느 정도는 거울과 피리를 운용할 수 있게 되었다. 어느 정도의 운용만으로도 요는 그 신물들의 위력을 알 수가 있었고, 그것을 사용하면 어떤 전쟁에서도 결코 질 수가 없으리라는 것도 알았다. 하여 요의 야심이 날로 커져 가고 있었다. 환웅의 나라만을 치는 것이 아니라 그 일이 끝나면 중원의 모든 나라를 치자는 것이었다. 그리하여 중원을 다스리는 대제국을 세우고, 대제국의 황제가 되자는 것이었다. 군사를 일으키는 요의 가슴은 꿈에 부풀고 있었다.

웅녀는 요가 군사를 일으켰다는 소식을 들었다. 요가 군사를 일으킨 목적은 그녀가 다스리는 환웅의 나라를 치기 위해서라는 소식도 들었다. 웅녀는 사부의 창고에 보관해 두었던 무기들을 꺼내어 백성들에게 나누어 주었다. 무기를 백성들에게 나누어 주면서, 백성들에게 일렀다. 이제 그대들을 보호해 줄 자는 아무도 없고 그대들의 목숨은 그대들 스스로가 지키지 않으면 안 된다고. 그와 같이 말하는 웅녀의 목소리 가운데에는 비장함이 서려 있었다.

  웅녀는 알고 있었다. 이번 전쟁에서는 그녀가 요에게 패할 수밖에 없다는 사실을. 그녀에게는 피리가 없었다. 그리고 지난 전쟁에서 그녀로서는 감당키 어려운 거울을 사용함으로써 이미 주화입마가 된 상태였었다. 웅녀는 그녀의 운이 다했음을 절감했고, 그것이 하늘의 뜻임도 이해했다. 웅녀는 요의 군사가 들이닥치기 며칠 전, 환웅의 심복이요 천상계의 신하였던 풍백, 우사, 운사를 조용히 불러 단군을 부탁했다. 그 한마디로 풍백, 우사, 운사는 웅녀의 가슴속에 깃든 모든 뜻을 감득했다. 풍백, 우사, 운사는 단군을 책임질 것을 다짐했고, 그 점에 있어서는 어떤 염려도 하지 말 것을 약조했다. 그들의 다짐과 약조를 받고 웅녀는 비로소 안심을 했다. 신인인 풍백, 우사, 운사가 단군을 책임지겠다고 한 이상 단군은 안전하리라는 것을 알고 있었기 때문이었다. 그리고 웅녀는, 마지막으로 단군을 불렀다. 웅녀는 먼저 단군에게 단도리를 했다. 지금부터 그녀가 하는 얘기는 토씨 하나 빠짐없이 기억해야 하고 죽음이 니와 너의 기억을 갈라놓을 때까지 잊어서는 안 된다고 했다. 웅녀의 말에는 한없는 위엄과 진지함이 있었고 그 위엄과 진지함이 어린 단군의 무

심함을 일깨워, 웅녀의 이야기에 귀를 기울이게끔 만들었다.

"이제 네 아비가 세운 환웅의 나라는 이 땅에서 사라지게 될 것이다. 환웅의 나라가 사라지면 애미도 이 땅에서 사라지게 될 것이다. 네 아비가 계신 천상계로 올라가게 될 것이다. 애미가 아비가 그랬던 것처럼 천상계로 올라가고 나면, 지상에는 이제 너 혼자 남게 된다. 너도 언젠가는 아비와 애미가 있는 천상계로 올라오게 되겠지만, 그러기 전에 너는 이 지상계에서 꼭 하지 않으면 안 될 중요한 일이 있다. 그 일을 완수하지 못하면 너는 죽지 않고, 죽을 수 없고, 아니, 죽더라도 천상계로 올라올 수 없고, 구천을 배회하며 호곡하지 않으면 안 되게 된다. 네 한과 애미와 잠시 인간이 되었을 때의 네 아비의 한이 풀리지 못하고 응어리진 채 남아 있어 그리 되는 것이다. 그러니 너는 무슨 일이 있더라도 꼭 그 일을 완수해야만 하느니라. 알겠느냐."

단군은 고개를 끄덕였다. 어린 단군이었지만 이때만큼은 어디서 오는지 모를 단호함이 깃들어 있었다.

"지상에 있는 동안 너는 이 땅에 너의 나라를 세워야만 한다, 단군의 나라 말이다. 그게 네 아비의 뜻이고 태초부터 하늘에 계셨던 네 할아버지 환인님이 뜻이기도 히다. 이 땅에 너의 나라를 세워 일찍이 네 아비가 펼치고자 했던 그 뜻을 좇아 다스리거라."

단모리

"어머님, 아버님의 뜻이 무엇이었었나요?"

"좋은 질문이구나. 홍사백성지지상계지미弘使百性智地上界之美. 널리 백성들로 하여금 지상계의 아름다움을 알게 한다는 것이었느니라. 너는, 너의 자손들로 하여금 그 뜻을 이어 세상 끝날까지 그 뜻이 끊기지 않고 이어져 가게 하여야 하느니. 이게 지상에 홀로 남겨진 네가 하여야 할 일이다. 명심하여라. 네 아비가 갔고 이제 애미도 가야 하지만 너는 아직 이 지상에 남아 네 아비가 남겨 놓은 유업을 이어 크게 일으킬 과업이 있다는 사실을."

어린 단군이 웅녀의 얘기를 전부 이해했다고는 보기 어려웠다. 더욱이 단군은 여느 아이들보다 모든 게 늦게 되는 아이였다. 남의 말을 알아듣고 이해하는 데에 있어서도 예외가 아니어서, 단군의 이해력이 보통보다 낮은 게 아닌가 하는 의구심이 웅녀에게 있기도 했던 것이었다. 사실상 단군은 웅녀의 얘기를 제대로 이해하지 못했다. 단호한 태도로 고개를 끄덕이고 눈을 초롱이고 '네'라고 시원스레 대답을 하였지만, 겉으로 드러난 모습일 뿐이었다. 그러나 단군이 웅녀의 얘기를 제대로 이해했느냐 하는 것은 웅녀가 단군을 불러다 놓고 그와 같은 얘기를 했을 때, 그다지 중요한 점이 아니었다. 단군은 웅녀의 얘기는 제대로 이해하지 못했지만, 웅녀의 마음은 이해했던 것이었다. 이심전심이 되었던 것이었다. 그것은 수많은 말의 이해보다도 더 깊은 차원의 이해였다.

말을 마친 웅녀는 단군을 풍백, 우사, 운사에게로 보내었다. 풍백, 우사, 운사 삼신은 단군을 데리고 태백산 아사달 내의 신시를 떠나 대동강 연안의 평양으로 가 깊숙이 숨었다. 요가 이끄는 한의 무리에게 들키지 않기 위해서였다.

단군을 떠나보내고 난 웅녀는 요와 요가 이끄는 한의 무리가 신시 밖에 나타나기를 기다렸다. 요는 환웅의 나라의 국경을 넘은 지 한 달여 만에 웅녀가 있는 신시 밖에 당도했다. 신시 밖까지 당도하는 데 전의 침공 때보다 세배나 시간이 걸렸던 것은 저항하는 환웅의 나라의 백성들과의 접전을 성공리에 치르고 오느라 그랬었다. 물론 접전은 오래 끌지 않았다. 환웅의 나라 백성들의 싸움 실력은 수준 이하였고, 아무리 그 숫자가 많더라도 오합지졸에 불과했고, 싸움은 금세 끝이 났던 것이었다. 맞서 오는 게 인간 족속이 아닌 다른 날짐승의 경우인 때엔, 특히 호랑이가 등장할 때에는 애를 먹어야 했는데, 그때엔 순이 훔쳐 온 거울과 피리로 간단하게 제압해 버렸다. 환웅의 나라의 온 백성들이 들고 일어났음에도 그들을 제압하는 데 채 한 달여가 안 걸렸다는 것은 원래 환웅의 나라의 것이었던 거울과 피리가 아니었다면 불가능한 일이었다.

거울과 피리를 앞세운 요가 이끄는 한의 무리는 무적이었다.

하늘 아래 그와 대적할 군사는 없었다. 웅녀는 그 사실을 알고 있었고, 그래서 단군을 풍백, 우사, 운사에게 맡겨 미리 피신을 시켰던 것이었다. 웅녀는 이미 요와의 전쟁이 아니라 하더라도 그녀의 날이 얼마 남지 않았다는 것을 알고 있었고, 그래서 요와의 전쟁에서의 패배에 큰 미련을 갖지 않았다. 웅녀는 이미 주화입마된 상태에서 그녀의 삶이 얼마 남지 못하였다는 것을 알고 있었고, 그 때문에 환웅의 나라와 그녀의 운명이 함께 할 수 있게 된 것을 오히려 다행으로까지 여기고 있었다. 그리고 무엇보다도 웅녀는 이와 같은 사태는 이미 그녀의 남편, 환웅에 의하여 예견된 일이라는 것을 의식하고 있었다. 환웅과 그녀의 시대는 과도기일 수밖에 없는 것이었다. 앞으로의 시대는 그들의 아들, 단군의 시대였다. 웅녀는 단군이 환웅의 나라에 버금가는 큰 나라를 세우게 되리라는 것을 의심치 않았다. 웅녀는 그녀의 죽음과 환웅의 나라의 멸망 모두에 미련이 없었다. 하여 요가 그녀의 신시 밖 일 킬로미터 지점에 나타나 진을 쳤을 때 지극히 담담할 수가 있었던 것이었다.

진을 친 다음날 요와 요가 이끄는 한의 무리의 신시에 대한 대대적인 침공이 있었다. 신시를 침공해서 요가 신시를 접수하는 데 불과 한나절이 걸렸을 뿐이었다. 어찌된 일인지 신시는 텅 비다시피해서 별 저항이 없었고, 한의 무리는 무인지경을 정복하는 것과 같아 삽시간에 신시를 접수할 수가 있었던 것이었다. 신시가 텅 비다시피했던 것은 풍백, 우사, 운사가 단군을 데리고 나가고 그 뒤를 환웅을 따라 천상계에서 내려온 삼천 무리가 따르고, 또 그 뒤를 대부분의 신시의 백성들이 따라나선 탓이었다. 단군이 세울 그 나라를 고대하고 따라나선 발걸음들이었지만, 이는 웅녀가 바란 바이기도 했었다.

 늘 그런 것처럼 전쟁의 패장인 웅녀가 요의 앞에 끌려나와 무릎 꿇려졌다. 요는 신단수 그늘 아래 천막을 치고, 그 안에서 웅녀를 맞았다. 웅녀를 앞에 한 요의 가슴은 기쁨으로 터질 것처럼 뛰었는데, 필생의 욕망이 실현되는 순간이었기 때문이었다. 오! 실로 얼마만에 실현된 꿈이런가. 요는 실로 감개무량하였고, 그 때문에 눈물까지 흘리지는 않지만 목소리가 떨려 나왔다.

 "네 이년, 네 죄를 네가 알렸다."

 "내 죄가 무엇이냐. 말해 보라. 들어 보고 내 죄가 합당하면 응분의 보상을 받겠고 그렇지 않으면 무고한 나를 참죄한 대가로 내 네 죄를 논하련다."

 "첫째, 너는 곰으로 태어난 주제에 인간이 되기를 바랐고, 둘째, 네 동료인 호랑이가 인간이 되고자 하는 것을 방해했다. 셋째, 인간의 몸을 받고서는 원래 곰인 주제에 인간의 행세를 하려 들었고 넷째, 그 근본이 의심스럽기 짝이 없는 환웅이라는 자와 결합하여 사람의 자식인지 날짐승의 자식인지 분간키 어려운 알을 낳았다. 다섯째, 그리고 너는 너의 남편인 환웅을 독살하고 환웅의 나라를 독차지하였으며, 정도가 아닌 참담한 사술로 나라를 다스려 백성들을 현혹하고 도탄에 빠뜨렸다. 이 다섯 가지 죄목만으로도 너의 죄는 하늘을 찌르고 땅을 통곡시키고 바다를 울부짖게 하기에 충분하다. 그러나 네년의 죄는 이에서 끝나지 않는다. 가장 무거운 죄가 한 가지 더 남아 있으니, 자연계의 이법을 거스린 그 점이다. 네년의 한평생은 마치 자연계의 이법을 비웃기 위하여 태어나기라도 한 것처럼 그렇게 무람한 것이었고, 언어도단적인 것이었다. 어찌 곰이 인간이 될 수 있으며 천상계의 신인과 짝이 될 수 있단 말이냐. 그리고 어찌 사람의 몸을 하고서 뭇 날짐승들이나 낳을 수 있는 알을 낳는단 말이냐. 네년의 모든 죄가 용서된다 하더라도 자연의 이법을 거스린 그 죄만큼은 결단코 용서받을 수 없을 것이니라."

웅녀의 죄를 논하는 요의 말은 기이한 바가 있었다. 요는 그가 마치 천상계의 제석처럼, 자연계의 모든 이법을 관장하는 자연계의 왕처럼 말을 하고 있었는데, 한갓 인간에 불과한 요가 그렇게 말하는 것은 주제넘은 바가 있는 것이었다. 그러나 한창 환웅의 나라를 정복하고 전쟁의 승리에 도취해 있는 요는 정신이 없었고, 그가 참으로 주제넘은 말을 지껄이고 있다는 사실을 깨닫지 못하고 있었다. 그것은 요와 마찬가지로 전쟁의 승리에 도취해 있는 요가 이끄는 한의 무리 역시 마찬가지 지경이었는데, 그래서 요의 주장의 맹점을 간파하지 못했다. 다만 한 사람 순만이 요의 주장의 맹점을 간파하고 있었는데, 순은 요가 너무 오버하고 있고 저러다 큰코 다치지 않을까 홀로 마음 졸이고 있었던 것이었다.

"내 너의 말을 들으니 크게 어이가 없고, 한바탕 웃음이라도 웃지 않고는 못 베기겠구나. 하하하. 너는 자연의 이법을 논하나 자연의 이법을 관장하는 분이 누구더냐. 하늘의 제석이 아니더냐. 그분의 뜻이라면 무언들 불가능하겠고 무언들 가능한 것이 있겠느냐. 일찍이 하늘의 제석인 환인께서 지상계의 백성들이 자신들이 발붙이고 사는 지상계의 아름다움을 모르고 괴로워하며 천상계만을 탐하는 것을 안타까이 여기시고 그 잘못된 탐함을 깨우쳐 주기 위하여 당신의 아들을 이 땅에 내려보내신 것이니라. 그리하여 지상의 만 백성들로 하여금 지상의 아름다움을 깨닫게 하기 위한 대사업이 있었으니, 환웅이 펼치신 일이 그것이라. 환웅님의 노고로 인하여 비로소 지상계의 아름다움이 지상계의 백성들에게 알려지게 되었고, 지상계에 평화와 행복이 깃들기 시작했느니라. 나 웅녀가 원래 곰의 몸으로 태어났다가 인간으로 화한 것도 지상계의 아름다움을 깨우쳐 다른 세계를 탐하는 마음을 바로잡기 위한 환웅님의 대사업 가운데 하나로 진행된 일이었느니라. 자연의 이법을 거스리기 위한 게 아니라 자연의 이법의 아름다움과 훌륭함을 뭇 백성들로 하여금 깨닫도록 하기 위하여 거행된 일이었고, 실로 이 일은 그와 같은 결과를 가져왔느니라. 너희 한의 무리가 고향을 떠나 이곳으로 온 것도 그 아름다움의 실체에 가 닿기 위하여서가 아니었더냐. 한갓 인간의 몸으로 어찌 제석의 일을 논하며, 나를 비방하려 드느냐. 나를 비방하느니 너는 이미 그르친 네 앞날을 걱정함이 가하리라."

　요의 주장을 통박하는 웅녀의 말은 가히 장엄한 바가 있었다. 웅녀의 말은 그 말을 듣는 모든 무리들을 감동시켰고, 요와 요가 이끄는 한의 무리에게도 예외가 아니었다. 오로지 한 사람 순만이 감동을 받지 않았는데, 귀를 막고 있었기 때문이었다. 일찍이 순은 웅녀의 연설을 여러 차례 들은 적이 있었고, 웅녀의 연설이 사람의 심금을 울린다는 것을 알고 있었다. 감동을 받지 않을래야 않을 수 없다는 걸 알고 있었기 때문에, 그 점을 두려워하여, 또 감동을 받을까봐 웅녀가 입을 열기 전에 미리 귀를 막았던 것이었다.

　웅녀의 말에 감동을 받은 요는 한동안 말이 없었다. 한동안이 지나고 나자, 갑자기 부끄러워지고 화가 났다. 자신이 웅녀의 말에 감동이 되어 마음이 흔들렸다는 사실이 의식되어 오는 까닭이었다. 그리고 더욱 화가 나는 것은 자신은 물론 그가 다스리는 한의 무리 모두가 웅녀의 말에 감동을 받았다는 것이었다. 이건 있을 수 없는 일이었다, 체면이 안 서는 일이었다. 그러므로 용서할 수 없는 일이었다. 그 용서할 수 없다는 불 일 듯한 감정이 한순간 요의 정신을 흐리게 했다. 그렇지 않았다면 요는 결코 그와 같은 명령을 내리지는 않았을 것이었다. 요는 환웅의 나라의 영토에 못지않게 웅녀를 탐하고 있었으니까. 나중에 알려진 바로는 요가 그와 같은 무모한 명령을 내린 것은 그의 도가 턱없이 미치지 못함에도 불구하고 환웅의 신물인 거울과 피리를 사용한 때문이라고 했다. 말하자면, 주화입마가 된 상태였기 때문이라는 것이었다.

"이 발칙하고도 요사스러운 년. 네년이 네 죄를 깨닫지 못하고, 감히 누구를 미혹하려 드느냐. 어리석은 환웅은 네 잔꾀에 속아 놀아났을지 모르지만 나, 위대하며 찬란한 요는 그렇지 않느니라. 당장 이 요사스러운 년의 목을 쳐라. 내 여기서 자기 남편을 살해하고 그 자리를 찬탈하고 자연의 이법을 문란케 한 이년의 목을 쳐서 자연의 이법을 온전케 바로잡으리라."

요의 울부짖는 명령에 따라, 한의 무리 가운데에서 백성들의 목을 치는 것을 직업으로 하는 망나니가 앞으로 나왔다. 웅녀

곁으로 다가선 망나니는 요를 향해 읍을 하고, 그의 긴 석도를 들고 웅녀 주위를 맴돌며 어설픈 춤을 추기 시작했다. 망나니의 어설픈 춤사위가 딱 아홉 번을 반복하고 마쳤을 때, 망나니의 긴 석도가 허공을 날았다. 사방은 쥐죽은 듯이 고요했으며, 그 고요의 중심 가운데로 몸뚱아리에서 잘린 웅녀의 목 위의 얼굴이 축구공처럼 날다, 땅바닥으로 떨어졌다. 잘린 목을 통해 선홍빛 핏줄기가 하늘로 치솟았고, 그 하늘로 치솟은 웅녀의 핏줄기 가운데 몇 줄기가 요의 얼굴에 튀었고, 또 몇 줄기는 그 너머 신단수 나무의 우람한 줄기에 튀었다.

웅녀의 선홍빛 핏줄기가 신단수 나무의 줄기에 튀는 순간이었다. 갑자기 하늘에 검은 구름이 피고 선연해지면서 번개가 날고 천둥이 울렸다. 땅을 향해 내리치는 번개 가운데의 하나가 웅녀의 피가 묻은 신단수 나무의 그 우람한 줄기를 때렸다. 신단수가 우지끈 천둥보다도 무거운 굉음을 내며 새까맣게 탔고 동시에 둘로 갈라지고, 둘로 갈라진 거대한 신단수가 쓰러져 요의 천막을 덮쳤다. 다행히 아니, 불행히도 원체 행동이 민첩한 요가 천막을 빠져나와 도망쳤기에 망정이지 그렇지 않았다면 요는 분명 신단수에 깔려 짜부가 되고, 그 자리에서 즉사하고 말았을 것이었다. 거대한 신단수가 그의 천막을 덮고 쓰러진 것을 보면서 요는 가슴이 철렁했고, 다음 순간 그가 저지른 일의 큼과 막

대함을 느꼈고, 두려웠다. 거대한 신단수를 넘어뜨린 벼락은 그 것으로 그치지 않고 계속해서 신시의 안으로 쏟아져 내리고 있었다. 어떤 벼락은 웅녀가 머물던 궁궐을 때리고 어떤 벼락은 웅녀의 보물창고를 때리고 또 어떤 벼락은 백성들이 머물던 집들을 때렸다. 환웅이 세우고 웅녀가 보살폈던 신시가 순식간에 폐허가 되어 갔는데, 그 모습에 하도 기가 질린 요는 다시는 자연의 이법에 대하여 그의 세치 혀를 놀리지 않게 되었다. 자연의 이법이란 무궁무진해서 인간의 작은 머리로는 그 무궁함을 잴 수 없다는 것이었다. 후대의 한의 무리의 사가들은 신시가 폐허가 된 것에 대해, 요와 요가 이끄는 한의 무리의 공격의 치명성에 대하여 논하고 있지만, 이는 진실과는 판이하게 다른 것이었다. 사정을 아는 사람이라면 그렇게 거짓되게 붓을 놀리지는 않았을 것이었다.

  신시 가운데 모인 모든 한의 무리가 무릎을 꿇고 땅에 엎디어 감히 고개를 들지 못하였다. 그들은 모두 웅녀가 신인이며, 신인의 아내이며, 그런 그녀를 함부로 죽인 것에 대해 지금 신인이 화를 내고 있는 거라는 걸 감지했다. 한의 무리는 그들이 씻을 수 없는 죄를 지었다는 것을 알았고, 그리하여 감히 고개를 못 들고 부복한 채 그들의 죄를 용서하여 달라고 하늘에 빌고 있는 것이었다. 그들의 비원이 간절하고도 가상한 바가 있었기 때문이었을까, 한 시간쯤 지나자 비처럼 쏟아져 내리던 벼락이 멈추었다. 신시는 폐허가 되어 있었다. 폐허가 된 신시를 바라보면서 아무도 말이 없었다. 무리의 지배자인 요조차도 말이 없었다. 단 한마디만이 무리 가운데에서 누군가의 입을 통하여 나왔고, 그 누구도 그 말을 거역하지 못하고 따랐다.

"신시는 신의 땅이니 놓아두고 돌아가자."

그 말을 한 한의 무리 가운데의 한 사람은 다름아닌 순이었다. 한의 무리가 최초로 순의 명령에 따르는 순간이었다. 이 명령에 따른다는 게 앞으로 그들의 운명에 얼마나 결정적인 영향을 미치리라는 것을 한의 무리들은 미처 깨닫지 못하고 있었다. 이때에 요는 아무 말도 못하고 있었고, 말을 할 수 있는 상태에 놓여 있지도 않았다. 웅녀의 죽음이 거행되는 순간 요는, 그 사실이 천하에 알려지는 데에는 상당한 시일이 걸릴 일이긴 하지만, 이미 명령을 하는 자리에서 명령을 받는 자리로 옮겨 앉고 있었던 것이었다.

프레스토

　나는 얼음조각가였다. 무슨 행사장이나 파티에서 흔히 볼 수 있는 새나 물고기, 천사의 형상 따위를 한 얼음조각상을 만드는 일이 바로 내가 하는 일이었다. 내가 얼음조각가라고 하였을 때 여자는 탄성을 지를 만큼 나를 부러워했다. 나의 일이 얼음을 만지작거리고 다루는 일이었기 때문이었다. 내가 여느 조각가처럼 석고나 나무 따위의 재료를 갖고 작업을 하였다면 여자는 결코 나를 부러워하지 않았을 일이었다. 조각 자체에 대해서는 여자는 아무 흥미도 갖고 있지 않았다.
　여자는 나의 직업이 이 세상에서 가장 멋진 직업일 거라고 했다. 얼음을 갖고 조각을 한다니 생각만 해도 가슴이 벅차고 황홀해진다는 것이었다. 여자가 그런 말을 하던 어느 날 오후 나는 피식 웃었을 뿐 긍정도 부정도 하지 않았다. 어떤 의미에서 나의 일은 여자의 말마따나 가슴이 벅차오르는, 황홀한 것일 수도 있었다. 얼음의 한기가 때로 몸 속 깊숙이 사무칠 때가 있었는데 그럴때면 곧잘 그런 느낌에 사로잡히곤 하였으니까 말이다.

나는 사람들로부터 조각가로서 인정받고 싶었다. 얼음조각이 예술적 감각보다는 단순한 기능에 의존하는 일이라는 걸 잘 알고 있었음에도 나는 언제나 조각가로서의 나를 상상하고 있었다. 여자가 나의 일을 부러워했을 때 만일 조각가로서의 나를 부러워한 거라면 나는 여자로부터 감동을 받았을 것이었다. 헌데, 여자가 부러워한 것은 나의 조각이 아니라 나의 얼음이었다. 얼음은 내가 나의 일에서 항상 불만으로 갖고 있는 유일한 요소였다. 내가 조각가로서 인정받기 어려웠던 게 많은 부분 얼음의 속성에서 기인하고 있었다.

얼음은 한 번 녹으면 그뿐인, 상온에서 아주 불안정한 상태의 재료였다. 내가 처음 이 일을 시작한 것이 군대를 갔다와서 곧바로였으니까 거의 십여 년 가까이 되고 있었다. 그동안 내가 만든 얼음조각은 헤아리기조차 어려울 만큼 많았다. 사실 니는 지난 십여 년 동안 내가 몇 개나 되는 얼음조각상을 만들었는지 기억하고 있지 못했다. 일 년에 대강 오십여 개 정도의 얼음조각을 만든다 치고 십 년이면 오백여 개 정도의 얼음조각을 만들었을 거라 추측해 볼 수 있을 따름이었다. 그러나 시험삼아, 연습으로, 심심해서 만든 것까지를 따진다면 그 수는 그것의 열배쯤은 더 늘어날 것이었다. 그런데 그토록 많은 조각상에도 불구하고 지금 나의 수중에는 단 한 개의 조각상도 남아 있지 않았다. 얼음이란 안정적인 물건이 못 되었다. 하루도 채 지나지 않아 형체도 없이 사라져 버리므로 그 많은 작품에도 불구하고 한 개의 작품도 수중에 남아 있지 않다는 게 놀라운 일은 아니었다.

　얼음조각가라고 나의 직업을 밝히고 다녔지만, 나는 조각가는 아니었다. 내가 조각가가 아닌 것은 얼음 때문이었다. 조각가란 앞에 다른 수식어가 붙을 필요가 없는 사람이었다. 나의 조각가라는 명함 앞에는 항상 얼음이라는 수식어가 꼬리표처럼 따라다녔다. 내가 제아무리 새나 물고기나 천사의 형상을 잘 만든다 하더라도 그 작품들이 예술품이 되지는 않았다. 아무리 해 봐야 장식품에 지나지 않았다. 그것도 몇 시간 지속하지 않는 장식품. 얼음이 너무 쉽사리 녹아 없어져 버린다는 것이었다. 너무 빨리 사라져 버렸기 때문에 아무도 기억하는 사람이 없었다. 오래 이 세상에 남아 있지 않는 것은 오래 기억되지 않았고 오래 기억되지 않는 것이 특별한 권리, 이를테면 예술품이 될 수는 없었다.

나는 진작부터 얼음에 싫증을 내고 있었다. 할 수만 있다면 재료를 다른 것으로 바꿔 보고 싶었다. 얼음이 아닌 나무나 풀, 공기 따위를 사용하면 훨씬 더 훌륭한 조각을 할 수 있지 않을까 싶었다.

나는 R호텔 연회담당 부장 밑에서 연회담당 기사로 일하고 있었는데, 작년에 그 일을 그만두었다. 부장은 나의 사직을 오해했던 모양이었다. 내가 경쟁사인 J호텔로 직장을 옮기려는 줄 알고 극구 나를 붙잡았다. J호텔이 얼마를 약속했는지 모르지만 그 이상을 주겠고 직급도 한 등급 올려주겠노라고 했다. 그러나 나는 연회부장의 호조건을 모두 거절했다. 나는 단지 얼음덩어리로부터 벗어나고 싶었고, 그래서 R호텔을 그만두려는 것뿐이었다.

지난 일 년 동안 나는 얼음조각을 제작해 달라는 어떠한 주문도 수락하지 않았다. 그렇다고 내가 나무나 돌, 공기 따위 다른 재료를 갖고 작업을 하기 시작했느냐 하면 그런 것도 아니었다. 지난 일 년 동안 나는 그냥 놀았을 뿐이었다. 얼음덩어리를 벗어난 나는 할 일이 없었다. 슬픈 일이지만 얼음이 아닌 다른 것을 가지고는 나는 아무것도 만들어 낼 수가 없었다.

그런데 여자는 그 얼음 때문에 나의 일을 부러워하고 있었다. 내가 얼음 때문에 싫증이 나버린 그 일을 여자는 그 얼음 때문에 하고 싶어했다. 여자가 나더러 행복한 사람이라고 했다. 내가 세상에서 가장 차고 딱딱한 얼음덩어리를 다루는 조각가였기 때문이었다.

"얼음을 갖고 무엇이든 만들 수가 있나요?"

"무엇이든 만들 수 있지요. 마음만 먹는다면. 그러나 나는 주문받은 대로만 만듭니다. 새와 물고기와 날개 달린 천사 따위. 다른 것들은 별로 만들어 보지 못했습니다. 만들 필요가 없었지요."

"이런 건 만들어 본 적이 없나요. 이를테면 마음에 드는 여자라든가 물건, 풍경 같은 거요."

"얼음은 금방 녹아 버려요. 전형적인 게 아니고는 표현하기 힘듭니다. 전형적이지 않은 걸 만든다 해도 그건 금방 녹아 버리기 때문에 별 의미가 없지요. 마치 하루살이처럼 말입니다. 하루살이가 일 년 삼백육십오 일 내내 살 것처럼 산다면 얼마나 웃기는 일이겠어요. 얼음으로 조각을 한다는 건 그런 겁니다."

"하지만 얼음이잖아요."

"얼음이 어쨌다는 겁니까."

"만일 내가 얼음조각가였다면 나는 행복했을 거예요. 얼마 안 가 녹아 버리면 어때요. 얼음은 얼마든지 있는데. 당신이 부러워요. 내게 그런 재주만 있었다면⋯⋯."

 여자는 내가 얼음조각가라는 직업을 갖고 있기 때문에 행복하다고 했고 나는 내가 얼음조각가였기 때문에 행복하지 않았다. 얼음을 조각하는 일은 내게 스트레스나 소화불량의 원인일 따름이었다. 얼음으로 조각을 하는 일이야말로 이 세상에서 가장 행복한 직업이라는 여자의 발상은 우스꽝스러운 것이었다. 그러나 여자의 발상이 이해 못할 것만은 아니었다. 여자에게는 그런 황당한 발상을 할 만한 필요충분한 이유가 있었다. 여자에게 불행이란 지긋지긋한 더위였고, 더위를 식힐 수 있는 모든 추운 것들은 행복의 상징이었으니까.
 여자를 행복하게 만드는 일은 의외로 그다지 어려운 일이 아닐지도 몰랐다.

 그날은 사월의 마지막 날이었다. 수요일이었고 여느날과 마찬가지로 특별할 게 없는 날이었다. 봄비가 아침부터 축축히 내리고 있었다. 도심의 회색빛 아스팔트가 모처럼 비를 맞아 진한 바다빛으로 변해 가고 있었다. 걸어 보고 싶게 만드는 날이었다. 진한 바다빛으로 변해 버린 아스팔트는, 유혹적이었다. 오후 세 시가 되었을 때 나는 무작정 집을 나와 거리를 걷기 시작했다. 빗속을, 초록빛 바탕에 검은 얼룩무늬가 있는 우산을 받처 들고 진한 남빛 아스팔트 위를 아무 목적의식 없이 걸었다. 아무 목적의식 없이 걷는 나의 발걸음이 가 닿은 곳이 공교로웠다. 혜정이라는 여자와 야수와 마법이 살고 있는 원형의 집 앞이었다.

"부탁 한 가지 해요. 나한테 얼음으로 된 조각상 하나 만들어 줘요."

"갑자기 조각상이라니요?"

"곰 말예요. 북극곰처럼 크고 거대한 곰 말예요. 나는 얼음으로 된 곰을 갖고 싶어요."

"그런 건 가져서 뭐하게요. 그리고 혜정씨는 진짜 곰이 있잖습니까. 탱커 말입니다."

"그래요. 하지만 탱커는 북극에서 오긴 하였어도 얼음으로 되어 있지는 않아요."

"얼음으로 된 곰은 오래가지 않아요. 대여섯 시간 후면 다 녹아 농담처럼 사라져 버리고 말 겁니다."

"지하에 두면 돼요. 지하실에 거대한 냉동실이 있어요. 거기다 두면 결코 녹지 않을 거예요."

"냉동실요?"

"내가 만들었어요. 지금은 괜찮지만 여름이 되면 난 한낮에는 거기에 들어가 있어야 해요. 그렇지 않으면 난……."

녹아 버린다는 얘기겠지. 마치 얼음처럼. 나는 여자의 마지막 말은 듣지 못했다. 그러나 나는 원형의 집 지하에 거대한 냉동실이 있다는 여자의 말을 의심하지 않았다. 한여름이면 그녀가 그 냉동실 안에 들어가 있어야 한다는 말도 의심하지 않았다. 도리어 나에게는 여자의 말이 그럴 듯하게 들려왔다. 그러나, 그렇다고 해서 내가 여자에게 얼음으로 된 곰을 만들어 주어야 할 이유는 없었다. 원형의 집 지하에 거대한 지하냉동실이 있다는 것과 내가 얼음으로 된 곰조각상을 만드는 것과는 별개의 문제였다.

"글쎄요. 장담하기 어렵겠는데요."

"결코 거저 해달라는 게 아녜요. 그런 걸 제작하는 데 통상 민우씨가 받는 이상을 드리겠어요. 필요하다면 물론 더 드릴 거구요."

"얼음조각을 하는 데 돈은 많이 들지 않아요. 단지 얼음만 있으면 되니까, 그건 얼마 안 되는 돈입니다."

"하지만 당신은 전문가니까……."

나는 여자의 얼굴을 바라보았다. 봄이 되어서인지 더욱 많은 땀을 흘리고 있는 여자의 얼굴은 진지했다. 나는 여자가 얼음으로 된 곰을 몹시 원하고 있다는 걸 느낄 수 있었다. 나는 여자가 곰에 집착하는 이유가 무얼까 궁금해졌다.

여자가 기른다는 탱커라는 곰을 한 번 보고 싶어졌다. 그러나 나는 여자에게서 그에 대한 아무런 대답을 들을 수 없고 탱커라는 곰도 볼 수 없다는 걸 알고 있었다. 그래서 나는 여자에게 아무것도 묻지 않았다. 언제던가 나는 여자에게 탱커라는 곰을 보고 싶다고 했다가 아주 난처해진 경우가 있었다. 여자는 탱커라는 그녀의 곰을 보여 주지 않는 건 물론이고, 그만 가라는 노골적인 언사로 나를 원형의 집 밖으로 내쫓았다. 여자의 행동은 지나친 것이었고, 나는 당연히 불쾌했다. 그러나 나는 화를 내지 않았다. 여자가 내게 탱커라는 곰을 보여 줄 수 없다는 걸 알고 있었기 때문이었다.

"나는 일 년 간 그 일에서 손을 떼고 있습니다. 내가 그 일에서 손을 뗀 건 그동안 먹고살 만큼 충분한 돈을 벌어 놓았기 때문이 아닙니다. 나는 진짜 그 일이 손에 잡히지 않기 때문에 근 일 년 간을 논 겁니다."

"마음을 가다듬고 다시 시작하면, 그럼 되지 않을까요."

"아니요. 그렇게 안 되리라는 걸 나는 압니다."

나는 고개를 흔들면서 이렇게 말을 했다. 그때 나의 머릿속을 스치고 지나가는 섬광 같은 번뜩임이 있었다. 어쩌면 여자를 원형의 집 밖으로 데리고 나올 수도 있을 거라는 생각이었다. 가슴이 일렁였다. 왜 진작 이런 아이디어가 떠오르지 않은 거지.

여자는 진작부터 얼음조각가라는 나의 직업에 흥미를 가져왔었다. 여자는 나를 부러워했는데, 내가 얼음조각가였기 때문이었다. 여자는 할 수만 있다면 얼음을 갖고 하는, 새와 물고기와 날개 달린 천사의 형상을 조각하는 나의 얼음조각 일을 배우고 싶어하는 눈치였다. 나는 진작에 여자의 그런 눈치를 낌새챘지만, 언제나 무반응이었다. 나는 여자의 그런 눈치에 대해 내가 여지껏 전혀 무반응이었다는 게 어이가 없었다. 여자에게 얼음조각 기술을 가르쳐 준다면 틀림없이 여자를 원형의 집 밖으로 데리고 나올 수 있었다. 틀림없이.

"나는 만들 수 없습니다. 미안합니다."

"……."

"혜정씨가 진짜 그걸 원한다면 혜정씨가 직접 만들면 되지 않습니까."

"제가 어떻게 그걸 만들어요. 난 그런 재주가 없는 걸요."

"만들 수 있습니다. 간단한 일이니까요. 원한다면 가르쳐 드리겠습니다."

"정말요?"

여자의 얼굴이 보름달처럼 환해졌다. 얼음조각기술을 가르쳐 주겠다는 나의 제안이 여자는 무척 반가웠던 것 같았다. 바로 그 때문에 나를 부러워하고 있었으므로 여자의 그런 반응은 예견된 바였다.

"한 이삼개월이면 배울 수 있을 겁니다."

"하지만 내가 진짜 배울 수 있을까요. 그래서 내 손으로 얼음 곰을 만들고 또…… 난 손재주가 별로 없는데."

"혜정씨야말로 얼음조각가가 되기에 적합한 사람이지요. 왜냐하면 얼음처럼 차고 딱딱한 물건을 좋아하니까요."

여자의 얼굴에 엷은 미소가 떠올랐다 사라졌다. 여자의 볼을 타고 흘러내리던 땀방울이 여자의 미소 때문에 좀더 큰 포물선을 그리며 방향이 바뀌었다.

"그래도……."

얼음조각기술을 가르쳐 주겠다는 나의 제안을 무척 기뻐하는 걸 보면 여자는 나의 다음 제안도 거절할 것 같지 않았다. 여자는 얼음조각기술을 배우고 싶은 게 분명했다. 그건 여자를 행복하게 만들어 줄 일이었다.

"내 작업실로 나오십쇼. 언제든 환영입니다."

"민우씨 작업실로요?"

"네, 얼음조각기술을 가르쳐 드릴 테니까요."

"민우씨 작업실이 어디에 있는데요?"

"돈암동. 내가 세들어 사는 지하방의 옆방이지요."

나는 여자의 얼굴이 어두워지는 걸 보았다. 방금 전까지 여자의 얼굴 위를 감돌던 빛의 입자들이 어느새 사라지고 없었다.

"그 일을 배우자면 꼭 민우씨의 작업실을 찾아가야 하는 거겠지요."

"거기가 아니라면 가르칠 수도 배울 수도 없잖습니까."

"그렇겠지요."

"하지만 작업실을 옮길 수는 있을 겁니다. 가령 나의 작업실을 혜정씨의 집으로 옮겨온다든가 하는, 혜정씨가 승낙만 한다면."

"그래요. 방금 저도 그런 생각을 했어요. 제 집은 당신이 세들어 사는 집보다 훨씬 넓잖아요. 공간이 넓으니까 그만큼 더 나은 작업실이 될 거예요. 더구나 저의 집 지하에는 냉동실이 있잖아요. 얼음을 보관하기에는 안성마춤인 장소예요."

여자를 일주일에 두세 번씩 나의 작업실로 불러들이는 일은 무리였다. 한 번도 어려운 일이었다. 여자가 그렇게 할 용의가 있다 하더라도 날씨가 그걸 허락할 리가 없었다. 그리고 나 역시 여자가 일주일에 두세 번씩 나의 작업실을 찾아오기를 바란 건 아니었다. 나는 단지 한두 번, 여자를 원형의 집 밖으로 끌어낼 수 있으면 만족이었다. 더 이상은 바라지 않았고, 아무래도 좋았다. 그래서 고집하지 않았다. 얼음조각기술을 배우기 위해서는 여자가 꼭 나의 작업실로 나와야 한다고. 그러니 나의 작업실을 여자가 있는 원형의 집으로 옮겨오는 것이 훨씬 수월

한 일이었다.

"하지만 하루나 이틀쯤은 제 작업실로 나와야 할 겁니다."

"어째서요."

"작업실을 여기로 옮겨온다고는 하지만 그전에 할 일이 있습니다. 혜정씨한테 맞는 작업도구를 찾아야 하는 일이지요. 그건 아주 중요한 일입니다. 사람들은 이게 단순한 기술인 줄로만 알지만 그렇지 않거든요. 자기한테 맞는 작업도구를 쓰지 않으면 작품이 나오지 않아요. 혜정씨도 일단은 그걸 찾는 작업부터 해야 하는 겁니다. 그러자면 한두 번은 맞는 작업도구를 찾으러 밖으로 나갈 수밖에 없는 일이지요."

"꼭 그래야 하나요."

"진짜 얼음조각가가 되고 싶다면."

나는 꽤 과장해서 말을 하였다. 마음에 없는 말은 아니었지만 나는 한 번도 남들 앞에서 내가 하는 일의 중요성에 대해 떠들어 본 적이 없었다. 나의 과장은 효력이 없지 않았다. 여자는 나의 말을 듣고 나의 작업실을 찾아오는 것이 꼭 필요한 일이라고 믿는 눈치였다.

여자가 나에게 이틀 후인 금요일에 전화를 걸기로 했다. 이틀 후 나는 여자의 전화를 받고 여자를 만나게 될 것이었다. 까페 향수에서 – 나는 향수에서 여자를 만날 작정이었다 – 여자를 만나 나의 작업실로 데리고 와 얼음조각가가 된다는 게 어떤 것인지에 대해 가르쳐 주게 될 것이었다. 그리고…….

그날밤 원형의 집을 나오는 나는 기분이 유쾌했다. 밖은 여전히 비가 내리고 있었다. 나는 초록빛 바탕에 검은 줄무늬가 있는 우산을 받쳐 들고 유쾌한 기분으로 원형의 집을 오르는 언덕길을 걸어내려갔다. 언덕길을 거의 다 내려왔을 때쯤 나는, 내가 콧노래를 흥얼거리고 있다는 사실을 깨달았다. 사랑은 비를 타고. 오래된 노래였다. 사랑은 비를 타고 사랑은 비를 타고. 문득, 세상이 아름다웠다.

여자는 약속한 대로 이틀 후인 금요일 오후에 내게로 전화를 했다. 여자가 전화를 한 시간은 오후 두 시쯤이었는데, 여자와 나는 D극장 앞의 까페 향수에서 만나기로 했다.

금요일 나는 일찌감치 까페 향수로 나가 여자를 기다렸다. 내가 향수에 도착했을 때의 시간이 오후 세 시 반쯤이었고 여자는 오후 네 시가 약간 넘어서 향수에 나타났다. 향수 안으로 들어서는 여자는 방금 코스를 완주한 마라토너처럼 얼굴이 새빨갰고 땀투성이었다. 옷은 집안에서 입고 있는 그대로 빨간 티셔츠에 푸른 반바지를 입고 있었는데, 집 안에서 볼 때보다도 훨씬 더 야해 보였다. 아직 철이른 옷이기는 하였지만, 계절은 이미 오월이었고 따뜻하였으므로 여자처럼 더위에 민감한 사람들은 벌써 그런 옷을 입고 다니고 있었다. 여자처럼 얼굴이 새빨개진다거나 비오듯 땀을 흘리지는 않지만.

여자는 햇빛 아래서 빨간 혀를 내밀고 헉헉거리는 길 위의 개를 연상시켰다. 여자의 숨이 거칠고 고르지를 않았다. 상태가 안 좋아 보였다. 이러다 쓰러지는 건 아닐까, 여자를 보고 있노라면 얼핏 이런 생각이 스치고 지나갔다. 나는 몸에 잘 맞는 옷을 입은 듯한 기분 좋은 날씨인데 여자에게는 견딜 수 없이 더운 날이라는 게 믿기지 않지만 사실이었다. 여자는 검은 핸드백 속에서 손수건과 접이부채를 꺼내 내내 땀을 닦고 부채를 부치고 땀을 닦고 부채를 부치고 그러기를 반복했다. 나와 여자는 향수에서 헤이즐넛향 커피 한 잔을 시켜 먹고는 지체없이 향수를 빠져나왔다. 나야 서둘 이유가 없었지만 여자가 견디기 힘들어 했고 땀을 비오듯 흘리며 부채질을 하고 앉아 있는 여자를 주위 사람들이 흘깃흘깃 넘겨다보고 있어서였다. 여자를 데리고 빨리 나의 작업실이 있는 돈암동으로 가야 했다. 나의 작업실은 바깥날씨보다 항상 이삼도 정도는 낮게 유지되고 있었으므로 여자에게 나쁜 환경은 아니었다. 원형의 집보다야 못하긴 하셌시만.

여자가 언제 쓰러질지 모르게 위태로워 보였기 때문에 서둘러

프레스토 185

까페 향수를 나와 돈암동으로 향했다. 지하철을 타는 것이 가장 빠른 방법이었지만 택시를 잡아탔다. 지하철은 너무 덥고 또 너무 많은 사람들이 있었다. 여자는 지금 상태로도 충분히 더위를 타고 있었고 사람이 많으면 더욱 심하게 더위를 탔으므로 이런 여자를 데리고 지하철을 타러 갈 수는 없었다.

여자의 상태가 안 좋아 보이는 것만 빼면 나는 아주 만족스러웠다. 여자가 까페 향수에 모습을 드러내었을 때부터 나의 심장은 평상시보다 두배는 빠르게 뛰기 시작했다. 근 삼개월 동안이나 벼러오던 일이 마침내 실현될 거라는 예감. 여자는 그 예감을 따라 어김없이 오후 네 시 즈음 향수의 문을 열고 들어와 또박또박, 내게로 다가왔던 것이다. 그리고 노란 상자곽 같은 택시가 나와 여자를 시시각각 내가 바라는 목적지가 있는 곳으로 데려가고 있었다.

"민우씨 작업실에 도착하면 얼음조각하는 시범을 보여 주겠지요. 난 한 번 보고 싶어요."

"아니, 난 안 할 겁니다. 혜정씨가 직접 해야 합니다."

"내가 어떻게…… 난 처음 하는 건데."

"누구나 처음부터 합니다. 나도 그랬지요. 내가 옆에서 도울 거니까 걱정하지 마십시오."

차는 제대로 달리지 못했다. 금요일이었고, 퇴근시간이 가까운 오후라서 그런지 도로 사정이 좋지 않았다. D대 입구를 지나오는 데 거의 십 분 이상이 걸렸다. 거리에 사람들은 많지 않았다. 도로의 많은 차량들과는 사뭇 대조적인 모습이었다. 간혹 눈에 띄는 사람들은 오월, 그것도 금요일 오후의 나른한 햇살을 받는 탓인지 아주, 멀게 느껴졌다.

"생각해 보았는데 난 잘 이해가 가지 않았어요. 민우씨가 그 일을 그만두려 한다는 게요. 너무 오래 하면 싫증이 날 수도 있겠다는 생각이 들긴 하지만, 그 일이란 게 다른 일들과는 다른 거잖아요. 난 민우씨가 그 일로 다시 돌아가게 될 거라고 믿어요."

"글쎄요. 그럴지도 모르지요. 재주가 그것밖에 없으니 다른 선택의 여지가 없을 수도 있고요. 하지만 지금으로써는 아닙니다. 그리고 앞으로의 일은 글쎄, 뭐랄까요, 역시 지금으로써는 생각하고 싶지 않습니다."

교차로에서 차가 왼쪽으로 돌아 종로 오가 방면으로 접어들고 있었다. 곧 P시장 앞이었고 거기서 차는 또 한차례 정체했다. P시장에서 G방송국이 있는 종로 오가까지는 길이 편도 삼차선에서 이차선으로 좁아들어 정체가 심했다. 정체가 심한 곳으로 잘 알려진 길이었는데, 택시운전수가 이 길로 들어선 것이 나는 불만이었다.

"앞으로의 일이 끊임없이 불안한 게 사람이에요. 특히 하는 일이 없을 때에는 더욱요. 난 그걸 잘 알아요."

"되는 대로 살기로 작정하면 그렇지도 않지요. 이 일에 싫증이 나면서 나는 되는 대로 살기로 했지요. 지금 나는 아주 편합니다. 몸도 마음도……."

택시운전수에 대한 나의 불만에도 불구하고 차는 이미 P시장 앞에 들어와 서 있었고, 돌이킬 수 없는 방향을 향하고 있었다. 나는 신경질이 났고 앞에 앉아 있는 운전수에게 한마디 해 댈 작정이었다.

"이 새끼 왜 이렇게 못 가는 거야."

그러나 먼저 불만을 표시한 건 내가 아니라 정작 택시운전수였다.

앞의 봉고차를 두고 하는 말이었다. 그러나 봉고차가 못 가는 건 그 앞의 소나타 때문이므로 소나타를 두고 하는 욕이기도 했다. 앞의 앞의 소나타는 그 앞의 앞의 앞의 프라이드 때문에 달리지 못하는 것이므로 그 욕은 또…….

"무척 더우신가 봅니다."

룸미러를 통해 바라보이는 택시운전수의 눈이 여자를 향하고 있었다.

"하긴 오월 날씨치고는 너무 덥습니다. 하루종일 운전을 하고 나면 엉덩이에 흥건히 땀이 밴다니까요. 꼭 애들이 오줌을 싸놓은 것처럼요."

"……."

"올 여름은 무척 더울 모양입니다. 벌써 날씨가 이런 걸 보면."

차는 앞뒤 창문이 활짝 열려진 상태였다. 차를 타자마자 내가 요구했던 일이었다. 그래야 여자가 비좁은 택시 안에서 더위를 먹지 않고 견디어 낼 수 있을 듯해서였다. 차가 정체가 심한 P시장 부근을 지날 때까지는 기실 창문을 열어 놓은 것이 여자에게 유리했다. 그러나 차가 G방송국을 지나 D로로 빠져나오면서부터 양상이 달라졌다. D로로 접어들면서 편도 이차선이 삼차선으로 바뀌고 차는 제 속력을 내기 시작했는데, 활짝 열린 네 개의 차창을 통해 솜처럼 보드라운 오월의 바람이 사정없이 밀려들어왔다. 사정없이 밀려드는 보드라운 솜이불 같은 오월의 바람 때문에 나는 거침없이 시원했고 더 이상 불만에 사로잡히지 않았다.

차가 제 속력을 내면서 근사하게 달리고 있는데 갑자기 '악' 하는 외마디 소리와 함께 "내 얼굴이 타요." 하는 소리가 들려왔다. 동시에 창문을 닫아달라는 다급한 목소리가 들려왔다. 여자였다. 여자가 양손으로 얼굴을 감싸쥔 채 그렇게 소리치고 있었다. 나는 거의 반사적으로 내 옆의 차창을 닫았고 나머지 세 개의 차창은 운전수가 핸드기어 밑에 있는 자동버튼을 눌러 닫았다. 창문을 닫고 난 나는 한동안 멍한 상태였다. 여자를 살펴보았지만, 아무 말도 할 수가 없었다. 여자는 양손으로 얼굴을 감싸쥐고 고개와 어깨를 낮게 숙인 채였다. 그만 차를 내리고 싶었다. 여자를 위해서도 그래야 할 것 같았다. 놀란 택시운전수도 나와 여자가 그래 준다면 은근히 환영했을 것이었다. 그러나 나의 작업실이 있는 돈암동까지는 아직 좀더 가야 했다. D로의 끝, 분수대까지 가야 했고 거기서 오른쪽으로 돌아 고개 하나를 넘고 삼선교를 지나야 했다. 차의 속력이 빨라지기 시작했다. 진짜 차의 속력이 빨라졌는지는 알 수 없지만 나는 그렇다고 느꼈다. 여자는 여전히 양손으로 얼굴을 가리고 고개를 숙인 채였다. 여자의 손가락 틈새로 흘러내린 땀방울이 손끝에서 맺혔다가 방울져 떨어지고 떨어지고, 또 떨어졌다. 바람 한점 불지 않는 비좁은 택시 안은 답답하고 눅눅하고 더웠다.

  택시를 내려 나의 집까지 걸어오는 동안 내내 나와 여자는 말이 없었다. 나는 여자에게 괜찮느냐고 묻고 싶었고 여자가 그러기를 바랐지만 아무 말도 꺼내지 못하였다. 여자의 얼굴은 언제나처럼 창백했다. 마치 분가루처럼 새하얀데, 바람에 탔거나 그을린 흔적은 없었다. 그러나 좋아 보이지는 않았다. 나는 여자와 어깨를 나란히 한 채 아무 말 없이 나의 집을 향해 걸어갈 뿐이었다.

 태극당 앞에서 내렸기 때문에 나의 집으로 가자면 찻길을 건너 신흥사 방면으로 난 골목을 백여 미터쯤 안으로 걸어들어가야 했다. 그렇게 쭉 들어가다 보면 온통 검은 벽돌로 지어진 이층집이 나타나고, 그 이층집의 지하가 내가 세들어 사는 방이었다. 나는 그 검은 이층집의 지하에 방 두 개를 세들어 살고 있는데, 하나는 침실이었고 다른 하나는 작업실이었다. 내가 지하방에 세들어 사는 건 방값보다도 나의 작업상 지하방이 필요해서였다. 나는 실내온도가 낮은 곳이 필요했고, 어디든 지하층이 나의 필요에 가장 유용했다.
 "미안해요."
 검은 집 지하에 있는 나의 셋집에 도착했을 때 여자가 미안하다고 했다. 소리를 질러서 미안하다고, 놀라지 않았느냐고 했다. 하지만 민우씨가 아는 것처럼 너무 뜨거워서 어쩔 수 없었노라고. 나는 아니라고 했다. 창문을 열어 놓은 게 잘못이었다고 했다. 그렇게 하면 더위가 가실 줄로 알고 한 일인데, 생각이 짧은 짓이었다고 했다. 여자가 벙긋이 웃었다. 여자의 얼굴은 여전히 땀에 젖어 있었지만, 이제 하얀 분가루처럼 창백하지는 않았다.

나의 작업실로 들어서서는 여자는 기분이 좋아지는 것 같았다. 작업실 안의 기온이 바깥기온보다 이삼도 낮았고, 또 작업실 안의 물건들이 여자에게는 호기심을 동하게 할 만한 것들이었다. 대형 냉장고와 작업도구, 작업대, 완성된 작품을 올려놓는 선반. 내가 작업을 하지 않은 지는 상당히 오래되고 작업실 안에서는 얼음의 한기가, 그 냄새가 여전히 배어나오고 있었다. 조금만 민감한 사람이면 그 냄새를 맡을 수 있었을 텐데 여자는 아주 민감한 여자였으므로 그 냄새를 맡고 있었다. 여자의 기분이 그래서 차츰차츰 나아졌을 것이다. 내가 길이, 너비, 두께 각 일 미터인 얼음덩어리를 냉장고에서 꺼내 작업대 위에 올려놓았을 때 여자는 얼굴이 상기되며 흥분하기 시작했다. 여자의 숨결이 가늘게 떨리고 있었다. 나는 작업도구를 갖다 얼음덩어리 옆 작업대 위에 올려놓고 여자를 돌아보면서 말을 했다.

"한 번 해 보세요."

여자가 난감한 표정을 지으면서 반문했다. 그녀가 무얼 어떻게 할 수 있겠느냐고 했다. 나는 얼음덩어리와 작업도구를 가리키면서 이건 얼음이고 이건 줄이고 이건 끌이고 이건 정과 망치인데, 이것들이 얼음조각을 하는 데 필요한 전부로 더 이상의 것은 없으므로 혜정씨도 이걸 갖고 무엇이든 만들 수 있다고 했다. 여자가 웃었다. 무엇이든 만들 수 있는 건 나이고 그녀는 아니라고 했다. 모든 게 준비되었다고 하는데 그건 나한테 해당하는 얘기이고 자기는 준비가 되어 있지 않다고 했다. 그러나 나는 여자가 작업하기를 고집했다. 나는 전에 말한 것처럼 아직 이 작업을 할 생각이 없으니까 만일 배우고 싶다면 처음부터 끝까지 여자가 직접 그녀 손으로 얼음조각을 해 보지 않으면 안 된다고 했다. 물론 내가 옆에서 코치는 해 줄 테지만 결코 손가락 하나 까딱하지 않을 거라는 걸 명심하라고 했다.

여자가 천천히 작업대 앞으로 가서 줄을 집어들고 얼음덩어리 앞에 섰다. 여자는, 그러나 그뿐이었다. 길이, 너비, 두께 모두 일 미터인 얼음덩어리 앞에서 줄을 오른손에 들고 선 채 꼼짝을 하지 않았다. 그녀의 말처럼 여자는 무엇을 어떻게 해야 할지 전혀 모르는 것 같았다. 여자가 고개를 돌려 나를 바라보았고 나는 냉정하게 여자를 맞바라보았다. 나의 냉정한 눈빛을 마주하고는 여자는 나한테 기대봐야 소용이 없으리라는 걸 그제야 깨닫는 눈치였다. 여자가 뜬금없이 물어왔다.

"무엇을 만들지요?"

나는 탱커가, 아니 곰이 어떻겠느냐고 했다. 여자가 고개를 끄덕이면서 다시 길이, 너비, 두께 각 일 미터인 얼음덩어리 앞으로 돌아섰다.

여자는 얼음덩어리 앞에서 다시 망설였다. 여자는 그녀 앞의 얼음처럼 딱딱하게 굳어 버린 느낌이었다. 여자의 망설임이 너무 길어 지루했다. 하긴 누구든 처음 얼음덩어리 앞에 서면 얼음처럼 딱딱하게 굳기 마련이었다. 십 년 전 처음 이 일을 배우기 시작할 당시 나 역시 그랬었다.

　작업대 위에서 얼음덩어리가 녹고 있었다. 녹아 물이 된 얼음이 작업대의 테두리로 흘러 뚝뚝, 바닥으로 떨어져 내렸다. 그 앞에서 여자도 얼음처럼 녹고 있었다. 여자가 모두 녹아 물이 되어 작업실 바닥으로 뚝뚝, 정말이지 떨어져 사라질 것만 같았다. 그럴 의사는 없었지만 어느새 여자에게로 다가가 여자가 들고 있는 줄을 빼앗아 나의 손안에 쥐었다. 어쩌면 그 순간 직업의식이라고 할까, 뭐 그 비슷한 게 작용한 탓이었던 것 같다. 나는 얼음덩어리 앞으로 바짝 다가들었고 여자로부터 빼앗아 쥔 줄을 갖고 얼음의 겉면을 파내기 시작했다. 근 일 년 만에 다시 잡아보는 줄대요, 작업이었다. 나는, 내가 왜 이러지 싶으면서도 갈수록 얼음덩어리를 다듬어 나가는 일에 몰두해 가고 있었다.

　"얼음조각에서 가장 중요한 것은 속도입니다. 구상을 위해 많은 시간을 할애해야 하지만 일단 작업을 시작하면 단숨에 끝내 버려야 합니다. 아무리 늦어도 한 시간 안에는. 그렇지 않으면 모든 게 헛수고가 됩니다. 얼음은 우리를 기다려 주지 않고, 금

세 날아가 버리니까요. 명심하세요. 속도가 중요하다는 걸."

 내가 작업을 마쳤을 때 여자가 '아' 하는 작고 가냘픈 신음소리를 내었다. 나의 입에서도 작은 탄성이 흘러나왔다. 거대한 곰이 바로 나의 눈앞에서 두 발을 치켜든 채 나를 노려보고 있었다. 금세라도 달려들어 나를 갈기갈기 물어뜯을 듯한 모습이었다. 등골이 오싹하고 추웠다. 거대한 곰이 내뿜는 한기를 견디지 못하고 두세 걸음 뒤로 물러서야 했다. 여자의 뜨거운 몸체와 부딪히고 나서야 주춤하는 발걸음을 멈출 수가 있었다. 나와는 다른 이유에서일 테지만, 여자 역시 흥분하고 있었다.

 "너무 똑같아요. 어쩜."

 "무엇과 똑같다는 거지요."

 "탱커랑요."

 "……."

 "탱커에게 보여 준다면 아주 좋아할 거예요."

 나는 쉽사리 이 일에 다시 손을 댄 것에 대해 후회했다. 완성품으로 나의 눈앞에 모습을 드러내고 있는 조각상이 마음에 들지 않았다. 그것이 여자의 탱커를 닮은 것처럼 보여져서 더욱 그랬다. 서너 시간 후면 녹아 사라질 테지만, 잠시도 보기 싫은 게 서너 시간 동안이나 존재한다는 건 언짢았다. 내가 만든 작품이 빨리 녹아 사라져 주기를 바라기는 처음이었다.

여자는 내가 만든 얼음조각상을 원형의 집으로 가져가고 싶어 했다. 가져가서 그녀의 지하냉동실에 보관하고 싶다고 했다. 내가 만든 얼음조각상이 여자의 곰, 탱커를 닮아 있어서였다.

여자가 내가 만든 얼음조각상을 가져가고 싶다고 하였을 때 나는 화가 치밀었다. 꼭 나를 비웃는 것만 같았다. 진짜로 여자가 나를 비웃고 있었다는 건 아니었다. 나는 여자에게 다소 지나치게 반응을 했다.

"혜정씨 스스로가 직접 만들 생각을 하라고 했잖습니까. 내가 만든 작품은 단 하나도 원형의 집으로 가져갈 수 없습니다. 이건 여기서 녹아 버리게 놓아 둘 겁니다."

"아깝잖아요. 애써서 만든 건데."

"마음만 먹는다면 이런 건 하루에 수십 개도 만들 수 있습니다. 아까울 게 없지요. 그리고 나는 이 놈의 동물이 마음에 안 든단 말입니다."

"곰이 말에요?"

"그래요."

"왜요. 귀엽지 않은가요."

"귀엽다고요 천만에요. 세상에 곰을 보고 귀엽다고 하는 사람은 혜정씨 외에는 아무도 없을 겁니다."

곰을 귀여워하는 사람은 그녀 이외에는 아무도 없을 거라는

프레스토 197

나의 말이 여자는 불만인 것 같았다. 여자가 토라져 금세 얼음처럼 딱딱해졌다. 그 바람에 분위기가 서먹서먹해지고 말았다. 나는 시계를 보았다. 일곱 시 오분 전이었다. 나는 이런 쓸데없는 일로 더 이상 시간을 낭비해서는 안 될 시간이라는 걸 상기했다.

"진짜 원한다면 가지고 가는 걸 막을 수는 없겠지요. 나는 단지 옮기고 하는 그런 귀찮은 짓을 왜 하느냐 하는 뜻으로 한 말입니다. 그럴 필요가 없는데 말이지요."

"나는 진짜 그걸 원해요."

여자가 진짜 그걸 원하고 있는데도 나는 여지껏 한 번 여자와 그 짓을 하지 못했다. 나의 잘못이 아니었다. 그렇다고 여자의 탓도 아니었다. 여자와 내가 만난 곳이 원형의 집이었다는 게, 원형의 집에 거대한 짐승, 북극곰이 살고 있었다는 게 잘못이었다.

나의 방으로 건너와서 한 삼십 분쯤이 지났을 때였다. 나는 나와 여자를 위해 두 잔의 커피를 탔다. 여자는 내가 타온 커피를 마시지 않았다. 여자의 취향이 어떻다는 걸 알고 있었으므로 나는 두 번 권하지 않았다. 내가 커피를 마실 동안 여자는 커피를 마시지 않고 물끄러미 앉은 채 둥그런 눈으로 나의 방을 살폈다. 여자의 시선이 한동안 책상 위 사진첩 위에 가 머물렀다. 사진첩 속에는 빛바랜 오래된 흑백사진이 한 장 들어 있었다. 할머니의 사진이었다.

"나는 아주 오래 전부터 이럴 수 있기를 기다려 왔습니다."

말하면서 나는 여자의 손을 덥석 움켜쥐고 다짜고짜 나의 뺨 위로 가져갔다. 여자가 동그란 눈을 더욱 동그랗게 뜨고 나를 쳐다보았다.

'그럼 왜 오래 전에 이렇게 하지 않았지요.'

여자는 묻지 않았다. 아무 말도 하지 않았다. 내가 하는 대로 내맡겨 두기로 이미 작정한 사람처럼 다소곳하기만 했다. 여자의 손은 촉촉히 땀에 젖어 있었고 나의 뺨보다도 뜨거웠다. 여자의 얼굴이 빠알갛게 노을져 가기 시작했다. 얼굴뿐만이 아니라 온몸의 살갗 역시 빠알갛게 노을져 갔다.

나는 여자의 손을 잡은 그대로 자리에서 일어났다. 그리고 침대로 가기 위하여 여자를 잡아끌었다. 움직이지 않았다. 여자는 마치 스스로는 움직이지 못하는 동상처럼 움직이지 않았다. 땀은 여전히 비오듯, 좀전보다 더욱 많이 흐르고 있었지만 여자의 몸은 오히려 딱딱하게 굳어 있었다.

하는 수 없이 나는 여자를 안아 올려야 했다. 여자는 생각만큼 가볍지 않았다. 기대했던 것보다 훨씬 무겁고 묵중했다. 그러나 여자를 안아 올렸을 때 나를 안타깝게 했던 건 여자의 묵중함보다 여자의 몸에서 흘러나오는 차디찬 냉기였다. 나는 마치 얼음 덩어리를 품에 안아 든 기분이었고 문득, 여자를 들어올린 손을 거둬들이고 싶어졌다. 침대로 가는 도중 한 번, 실제로 여자를 품에서 놓쳤다. 여자가 '쿵' 소리를 내며 바닥에 떨어졌고 떼굴떼굴 바닥을 굴렀다. 떼굴떼굴 구르는 여자의 모습이 딱딱한 석고상 같았는데 여자가 아무 소리도 지르지 않았기 때문에 더 그랬다. 다행히 여자는 석고상처럼 깨어지지는 않았다.

나는 아주 간신히 여자를 안아와 침대에 눕혔다. 나의 이마에는 땀이 맺혔고, 흐르고 있었다. 여자는 침대에 눕혀지고 나서도 꼼짝하지 않았다. 마치 마네킹이나 자동인형을 보는 기분이었다. 내가 조각한 얼음으로 된 여자조각상을 침대 위에 갖다놓은 듯한 기분도 들었다. 나는 오래 여자를 바라보고 있을 수는 없었다. 곧 여자로부터 시선을 떼었고 맞은편 벽으로 가 스위치를 내렸다. 스위치를 내리면, 조그만 남쪽 창을 빼면 빛이 새어 들어올 구석이 없는 나의 지하방은 감방처럼 어두웠다.

서둘러 옷을 벗기 시작했다.

옷을 벗길 때에도 그리고 알몸이 된 그녀를 한곳 한곳 세심하게 애무를 해 갈 때에도 여자는 움직이지 않았다. 아무 반응이 없는 여자는 섬뜩했다. 만일 여자의 몸에서 흘러나오는 땀과 냉기가 없었다면 나는 반응 없는 여자의 몸을 핥아 대는 헛된 짓을 진작에 그만두었을지도 몰랐다.

꽤 오래 혼자, 그 짓에 열중했다. 아마 움직이지 않는 여자의 몸을 핥고 애무한 시간이 이삼십 분쯤은 되었을 것이었다. 나는 포기하지 않고 끈질기게 그 짓을 한 건데, 결국 보람이 있었다. 내가 여자의 사타구니 속에 얼굴을 파묻고 여자의 그곳을 빨아 대고 있을 때였다. 여자의 그곳에서 액이 나오기 시작하고 몸이 꿈틀, 움직이기 시작했다. 꿈틀하고 한 번 움직인 걸 시작으로 여자는 더 이상 마네킹이나 자동인형이 아니었다. 여자의 몸에서 냉기가 빠져나가고 있었다. 몸의 땀도 덜 나는 것 같았고, 어둠에 익숙해진 나의 감각이 그 모든 것을 느끼고 있었다. 나는 즐거운 탄성을 지르기 시작했고 무릎을 세우고 어린아이처럼 몇 번을 침대 위를 껑충껑충 뛰었다.

그러나 잠시였다. 여자가 자유롭게 움직일 수 있게 되었지만 문제가 해결되지는 않았다. 여자가 움직일 수 있게 된 반면 이번에는 내가 조상처럼 움직일 수 없게 되었던 것이다. 내가 즐거운 탄성을 지르며 어린아이처럼 침대 위를 껑충껑충 뛰고 있을 때 네발 짐승의 울부짖음 소리가 들려왔다. 그것은 언젠가 내가 원형의 집에서 들은 적이 있는 소리와 같은 소리였다. 소리는 계속해서 두 번을 더 들려왔다. 나는 등골이 오싹했고 추웠다. 꼼짝할 수가 없었다.

탱커였다. 탱커가 원형의 집을 나와 나의 집으로 온 것이었다. 그의 여자를 찾아서 말이다.

여자가 일어나려 하고 있었다. 일어나는 여자를 막으려 했으나 소용 없었다. 여자가 무서운 힘으로 나를 밀쳐냈고 그 바람에 나는 옆으로 데굴데굴 굴러 왼쪽 벽에 등을 부딪히고 그만 널부러졌다.

여자는 탱커의 부름에 응하고 있었다. 몸을 일으켜 세운 여자가 침대에서 바닥으로 내려서고 있었다. 바닥으로 내려선 여자가 양팔과 무릎을 바닥에 대고 기어다니기 시작했다. 마치 네발 달린 짐승처럼. 불꺼진 나의 지하방은 감옥처럼 어두웠으나 남쪽으로 난 창을 통해 들어오는 희미한 불빛으로 나는 여자의 모습을 선명히 볼 수 있었다. 한동안 나의 지하방을 어슬렁어슬렁 기어다니던 여자가 갑자기 기기를 멈추고 불빛이 새어 들어오는 남쪽 창문을 향해 고개를 들었다. 그때 탱커의 울부짖음 소리가 다시 들려왔다. 한차례 또 한차례.

진양조

웅녀가 죽고 꼭 십 년 만에 단군은 풍백, 우사, 운사와 그를 따르는 무리와 함께 신시로 돌아왔다. 단군의 나이 스물한 살이었고, 늠름한 청년이었다. 신시는 그 흔적을 알아보기 힘들 정도로 폐허가 되어 있었고, 그 폐허화한 모습이 단군의 마음을 슬프게 하였으나, 그러나 오래 단군을 슬프게 하지는 않았다. 단군은 새로운 나라를 건설하기 위하여 돌아왔고, 폐허는 곧 다시 모습을 바꾸고 재건될 것이었다. 어머니 웅녀의 뜻이었다, 아버지 환웅의 뜻이기도 했다, 신시로 돌아와 그의 나라를 세우는 것은. 신시로 돌아온 단군은 그날부로 새 나라 건설을 온 천하에 선포했다. 옛 환의 나라의 영토와 지난 십 년 동안 동방에 있으면서 개척한 영토를 아우르는 대제국이었다. 아무도 단군의 나라 세우기를 방해하거나 반대하지 않았다. 이미, 지난 십 년 동안, 단군은 만방에 그 아름다운 이름을 떨치고 있는 영웅이었다. 단군은 그의 나라의 이름을 밝음과 물과 아름다움을 상징하는 '조선'이라 하였고, 밝음과 물과 아름다움을 좋아하는 세상의 모든 것들은 조선의 백성임을 확인했다. 옛 환웅의 나라의 백성들이 단군의 나라로 왔다. 밝음과 물과 아름다움을 숭상하는 세상의 모든 것들이 그들의 나라는 단군의 조선뿐임을 확인하고 조선의 영토 안으로 속속 이주해 들어왔다. 나라를 세운 지 단 오 년 만에 단군의 조선은 명실상부한 중원 최고의 나라가 되었고, 그 아름다운 이름이 산맥을 넘고 바다를 건너 메소포타미아 문명에까지 이르렀다. 후에 거대한 홍수가 세상을 덮쳤을 때, 홍수를 다스리는 법을 배워 가기 위하여 한의 무리의 우가 단군의 아들인 부루에게 의탁했던 것처럼 메소포타미아에서 사신이 단군의 '조선'으로 찾아오게 되는데 그것은 이때 이미 널리 알려진 그 아름다운 이름 때문이라고 해도 좋겠다.

　단군이 나라를 세웠다는 소식을 듣고 누구보다도 경계하고 저어하고 배가 아팠던 인물이 있다면, 요였다. 요는 그답게, 단군은 전혀 그럴 의사가 없는데도, 단군이 그의 어머니인 웅녀의 죽음의 대가를 받기 위하여 복수를 하려 들지 않을까를 염려했다. 단군은 그건 하늘의 뜻이었다는 생각을 지니고 있었고, 웅녀가 그렇게 말을 하기도 하였기 때문에, 그럴 의사를 지니고 있지 않았음에도 불구하고 켕기는 자가 지레 겁을 먹는다고 요가 스스로 그런 염려에 빠져들었던 것이었다. 그러나 정확히 말하자면, 요의 경계와 저어함과 배아픔과 염려는, 형식적이었다. 한의 무리에 대한 요의 다스림이 형식적이었던 것처럼 형식적이었다. 요는 주화입마되어 목숨이 오늘내일 하고 있었고, 실권이 이미 순에게로 넘어가 있었다. 한의 무리의 실질적인 지도자는 요가 아닌 순이었다. 웅녀를 죽이고 신시를 초토화시키고 환웅의 나라를 멸망시키고 돌아온 일 년 후쯤부터 그랬었다. 요는 그 도를 알지 못하면서 환웅의 신물인 거울과 피리를 사용한 탓에 주화입마가 되었고, 주화입마되어 가는 속도가 눈부신 바가 있어 일 년 만에 폐인이 되다시피했고, 더 이상 나라를 다스릴 수 없는 지경에 이르른 요를 대신해 순이 정치를 폈던 것이었다. 단군이 나라를 세웠을 때 요의 한의 무리에 대한 치세가 50년째였는데, 이는 요가 한미한 요부족의 부족장이었을 때의 치세까지를 포함하는 수치였는데, 요는 주화입마된 상태가 이미 구제불능이었다. 단군의 조선이 날로 강성해지고 그 아름다운 이름이 널리 퍼져 가자 위협을 느낀 한의 무리가 순을 중심으로 뭉쳐 요에게로 가 왕위의 이양을 요구하였는데, 주화입마된 요의 상태를 고려할 때 왕위의 이양을 요구하는 순의 강요는 정당한 바가 있는 것이었다. 순의 요구에 정당한 바가 있었기 때문에 요는 거절하기 곤란한 입장이었고, 그의 죽음을 얼마 남겨두지 않고 있었던 관계로 실제로 그의 왕위를 순에게 이양했다. 후대의 한의 무리의 사가들은 이 일을 덕치를 할 줄 알았던 훌륭한 덕인들의 행위로 칭송하고 있으나, 이는 그 실상을 모르는 일로, 실상을 알았다면 그와 같은 붓놀림을 부끄럽게 여기지 않고는 못 베겼을 일이었다.

  한의 무리의 지도자가 된 순은, 지도자가 되면서 제일 먼저 한 일이 그가 웅녀의 보물창고에서 훔쳐 온 거울과 피리를 산과 강에 숨긴 일이었다. 순은 그것이 대단히 강력한 신물이라는 것을 알고 있었지만, 치명적인 부작용이 있다는 것을 요의 경우를 통하여 알게 되었고, 결코 사용해서는 안 된다는 것을 깨달았던 것이었다. 그래서 그의 심복 둘을 시켜 하나는 피리를 갖고 산의 어두움 가운데로 가 숨기도록 했고, 하나는 거울을 갖고 물속의 깊은 곳으로 가 숨기도록 했던 것이었다. 어느 산 어느 물 가운데에 숨겼는지는 소문이 분분했으나, 끝내 정확한 위치는 알려진 바가 없었다. 순이 그의 심복 둘을 시켜 숨긴 거울과 피리에 대한 얘기가 한의 무리 가운데에 나돌면서 전설처럼 후대에까지 이어져 갔다.

후대에 순이 그의 심복을 시켜 물속에 숨긴 거울을 찾아다니는 무리가 생겨났다. 노자의 무리가 그들이었는데, 그들은 물을 숭상하며 물을 따라 물처럼 흘러가듯 살면서 무위자연의 도를 얘기했는데, 그들이 말하는 무위자연의 도는 웅녀의 거울의 도였고 그들이 물을 숭상하며 물가를 떠나지 않고 살았던 것은 그 거울을 찾기 위해서였다. 후대에 순이 그의 심복을 시켜 산속의 어두움 가운데 숨긴 웅녀의 피리를 찾아다니는 무리가 역시 생겨났다. 공자의 무리가 그들이었는데, 그들은 예도를 숭상하고 예도에 따른 정치를 주장하며 세상을 주유하고 다녔는데, 세상을 주유할 때 그들이 주로 머무는 곳은 산속이었다. 그들, 공자의 무리가 말하는 예도란 웅녀의 피리의 도리였고, 그들이 세상을 주유할 때 주로 산속에 은거하는 것은, 웅녀의 그 피리를 찾기 위함에서였다. 그러나 노자의 무리도 그렇고 공자의 무리도 그렇고 그들이 찾고자 하는 것, 순이 감춘 웅녀의 거울과 피리를 찾았는지에 대하여서는 알려진 바가 없었다. 찾고도 모른 체해서 그런 건지 끝내 못 찾아서 그런 건지 모르겠지만, 평생을 그걸 찾아 돌아다녔으면서도 그 찾는 자들의 끝은 늘 애매모호하게 끝나고 있었다. 그들 무리가 웅녀의 거울과 피리를 찾아내고도 모른 체하는 거라면 천하에 야비한 일이고, 못 찾아낸 거라면 안타까운 일이겠다. 왜냐하면 웅녀의 거울과 피리는 당연히 웅녀의 후손인 '우리들에게 그 권리가 있는 것이겠기 때문이다. 순이 훔쳐 내고 숨겼다 하더라도 그렇다고 그 물건들이 순과 그를 따르는 무리의 것이 될 수는 없었다. 도적질이 권리를 형성시킬 리 없었다. 만일 그렇게 되면 세상은 온통 도적질과 분탕질로 문란해지지 않겠는가. 적어도 무구한 역사와 긍지를 지닌 문명인이라면 그리 해서는 안 될 것이었다.

하긴, 이런 소문도 있었다. 환웅이 순이 숨긴 그 거울과 피리를 이미 회수하여 하늘로 되돌렸다는 소문이 있는가 하면, 세상의 끝날까지 발견되지 않다가 세상의 끝날에 능히 그 도를 아는 신인이 나타날 때에야 비로소 모습을 드러내리라는 소문도 있었다. 만일 이 소문들이 맞다면 순이 숨긴 거울과 피리를 찾아 헤매 다니는 일은 쓸데없는 일, 노고가 되고 말 것이었다. 언제 노자와 공자의 무리를 우연히라도 만나게 된다면 그들에게 산과 물 가운데에 은거하는 쓸데없는 짓은 이제 그만두고, 세상 가운데로 나아오라고 한마디 덕담이라도 해 주지 않으면 안 될 일이겠다.

안단테

　나는 발가벗은 채로 밖으로 뛰쳐나왔다. 거의 제정신이 아니었다. 부끄럽지도 춥지도 않았다.
　동쪽하늘에 여자의 눈썹 같은 그믐달이 떠 있었다. 내가 그믐달이 떠 있는 걸 발견하고 바라보고 있을 때 탱커의 울부짖음 소리가 또 한차례 들려왔다. 나의 지하방안에서였다. 탱커의 울부짖음 소리가 어디서 들려오고 있는지 이젠 나에게 더 이상 모호하지 않았다. 눈썹 같은 그믐달을 바라보면서 나는 이 악몽 같은 시간이 빨리 흘러가 버리기를 빌었다.
　그날 이후 나는 여자를 만나지 못했다. 물론 나의 작업실을 여자가 사는 원형의 집으로 옮기지도 않았다. 나는 여자와의 약속을 지키고 싶었지만, 그날 일로 여자와의 약속은 자연 무의미해지고 말았다. 그러나 어쨌든 나는 작업실을 옮기긴 했다. 원형의 집으로 가는 대신 혜화동 근처 지하방으로 옮겼다. 그 일이 있은 그 다음 다음날로.

그리고 일 년이 지났다.

나는 지난봄부터 나의 직업으로 돌아와 있었다. 다시 R호텔의 연회담당 부장 밑에서 얼음조각 기술자로 일하고 있었다. 여전히 그 일에 대한 회의가 있긴 하였지만 다른 직업을 찾기에는 내 나이가 너무 많았다. 내가 하는 일이 나로 하여금 여자를 기억나게 했다. 얼음덩어리를 앞에 대할 때마다 문득문득 여자가 떠오르곤 했던 것이었다.

어느 화창한 일요일 나는 집을 나서고 있었다. 오후 세 시였다. 천천히 버스정류장을 향해 골목길을 걸어 내려갔다. 버스정류장 앞에 섰고, 거기서 옥수동 가는 버스를 집어탔다. 여자를 만나기 위하여 원형의 집을 찾아가는 길이었다. 원형의 집을 찾아가는 나는 께름칙한 구석은 전혀 없었다. 여자가 어느 순간 갑자기 탱커가 되어 짐승처럼 울부짖는다 하더라도. 내가 그 소리에 등골이 오싹해지고 오금이 저려온다 하더라도. 뭐 어떻단 말인가. 나도 탱커가 되어 탱커처럼 울부짖으면 그만이지. 나는 그런 생각을 하며 차에 오르고 있었다.

언덕 위에는 아무것도 없었다. 원형의 집이 있던 자리에는 물빛 여름 햇살과 어디서인지 모를 바람에 묻어 오는 아이스크림 냄새가 있을 뿐이었다. 성처럼 큰 원형의 집이 일 년 사이에 감쪽같이 사라져 버리다니, 아무래도 거짓말 같은 일이었다. 원래부터 언덕 위에는 아무것도 지어져 있지 않은 모습이었다. 집이, 성처럼 큰 집이 있었던 것 같은 흔적은 어디에도 없었다. 도대체 어떻게 된 걸까. 나는 언덕을 잘못 찾아온 것이 아닌가 의심했다. 몇 번을 거듭거듭 주위를 살펴보았고 다시 확인해야 했다. 내가 얻은 결론은 내가 장소를 잘못 찾아오지 않았다는 것이었다. 언덕은 일 년 전 내가 수시로 찾아가곤 하던 원형의 집이 있는 바로 그 언덕이었다.